沉默时，
请大声朗读情书

梁彦增 著

湖南文艺出版社

© 中南博集天卷文化传媒有限公司。本书版权受法律保护。未经权利人许可，任何人不得以任何方式使用本书包括正文、插图、封面、版式等任何部分内容，违者将受到法律制裁。

图书在版编目（CIP）数据

沉默时，请大声朗读情书 / 梁彦增著. -- 长沙：湖南文艺出版社，2024.4
ISBN 978-7-5726-1579-5

Ⅰ.①沉… Ⅱ.①梁… Ⅲ.①短篇小说－小说集－中国－当代 Ⅳ.① I247.7

中国国家版本馆 CIP 数据核字（2024）第 017229 号

上架建议：畅销·文学

CHENMO SHI，QING DASHENG LANGDU QINGSHU

沉默时，请大声朗读情书

著　　者：梁彦增
出 版 人：陈新文
责任编辑：吕苗莉
监　　制：董晓磊
策划编辑：公瑞凝
特约编辑：张　雪
营销编辑：木七七七_
版式设计：梁秋晨
封面设计：梁秋晨
内文排版：百朗文化
出　　版：湖南文艺出版社
　　　　　（长沙市雨花区东二环一段 508 号　邮编：410014）
网　　址：www.hnwy.net
印　　刷：三河市天润建兴印务有限公司
经　　销：新华书店
开　　本：875 mm×1230 mm　1/32
字　　数：177 千字
印　　张：8.25
版　　次：2024 年 4 月第 1 版
印　　次：2024 年 4 月第 1 次印刷
书　　号：ISBN 978-7-5726-1579-5
定　　价：49.80 元

若有质量问题，请致电质量监督电话：010-59096394
团购电话：010-59320018

序

这些是属于年轻人的故事。

作者和我一样来自东北,他比我更北一些,文字里自然带着冷冽的部分,厂区、火车、寒冷冬季、酒和血性,从雪地里破土而出的人们和被反复捆绑又挣脱的生活。这是今天大家以"东北文学"来代称东北作家群时,脑海中常会浮现的形象。

但这本书中的故事属于更新的时代。在这些故事当中,整片土地的辉煌与寂然的过程已然流逝,年轻人用年轻的视角注视着这些踉跄的时空,他们以上一代人的描述来生成对那些逝去时代的印象,他们出走,看到家乡之外的世界,然后返回。游戏厅,台球房;松花江的冰面,北京的夜晚;上海的躁动,广州的濡湿。

诚如彼得·伯克所言:"每一代的成员分享某种经历和记忆……他们以不同的方式回应着相同的境遇。"我并不将这些故事完全看作对家乡的摹写,而更多地将其归属于时代的精神困境。"他可能是希望我能看看,我的故乡到底是什么样子的,可他试图让我记住的一切,即便是他自己都不完全了解。三十年前的双鸭山,现在的双鸭山,我眼中的双鸭山和他所说的双鸭山,也许根本是四个地方。"一位远离家乡三十年,回到故土的老人,一位生长于上海,从未见过父亲家乡的女儿,下一代见证着上一代曾经逝去的记忆,却已无法锚定当时的任何坐标。

带着各自的记忆与理想从熟悉的生活中走出,漂泊于陌生与完全异质化的远方,"家乡"这一概念在这个时代逐渐找不到一个具体的锚点,成为远远回望下的一团模糊印象,成为需要反思和重构的存在。我们在远方和家乡间往返徘徊,以此处的茫然消解彼处的茫然,在飞速变化的现实中抓取稍纵即逝的确定性。而在往返徘徊的过程之中,过往的自己,现在的自己和那个存在于记忆中的自己,或许已然是三个不同的人。文学是一个"异质的世界",我们将自己的不满足,将自己无法消弭的矛盾寄托其中。从"大侠"范东和垂杨柳的身上找寻自己过往的印记,从朱鹮和文森梁的疯狂中窥探理想的影子,从世界喷吐的雾气中破冰而出,我们被这种不安分所打动,在这种不安分中追寻改变当下的可能性,从生活的真实境况下挣脱出来,在理想与现实的巨辇中与命运对峙。

一些真实,一些小人物,一些记忆里割舍不去的片段,一些曾经的自己的幻影,被生活慢慢磨碎揉搓,塑成遥远陌生的形状,站在我们面前。处于现实与魔幻夹缝之中的理想与希望之影,一个自己身处其中的异质的世界,正是这部小说集所能带给我们的。

班宇
2024 年 2 月

目录

第一部分　在家乡

胡老师的夏天　/ 003

涅槃　/ 025

侠　/ 076

第二部分　在不是家乡的地方

小赌　/ 113

狠活　/ 137

朱鹮的价格是一块钱　/ 155

酒的声音　/ 169

蓝白红　/ 179

看不见阴影的大厦　/ 192

第三部分　回家

沉默时，请大声朗读情书　/ 217

后记　/ 256

第一部分 在家乡

胡老师的夏天

最终实验证明,在短时间内喝大量的酒,吸一整包烟,除了带来严重的生理不适,没有任何作用。胡老师趴在马桶上呕吐的时候,那些花朵还是层出不穷地开放,沿着黑色的枝条缠绕过来,把她打得湿漉漉的。

从厕所里出来,胡老师耐心地梳理着身上残留的枝叶,大美女看着她,皱着眉。

"还是不行?"

"完全没用。"

胡老师从桌上拿起中性笔和笔记本,把上面写着的第十五条,"父亲的办法:像他一样,喝酒、抽烟",画掉了。

她把"父亲"两个字反复画着,直到黑色的油把它们完全地掩盖,那地方的纸都被笔尖磨得薄了些,在油性的影响下,成为一个小小的、黑黑的、薄薄的、滑滑的方块。

"要不算了吧?用我妈的话说,她这一辈子都没开心过,不也活过来了吗?"

"不行,人一直不开心地活着,那太痛苦了,至少你不能那样,你是我最好的朋友。"

胡老师觉得累,她对寻找快乐这件事觉得疲倦。

一年多前,在课堂上,她第一次看到那种花,攀着讲台的侧面快速长出来,它越来越茂密,纯黑色的枝条上长着些瘤子状的结节,很快胡老师就发现,那些结节慢慢地打开,一些柔软脆弱的东西从里面钻出来,是花瓣,那些结节原来是花骨朵。

她问学生们:"是谁把这东西弄出来的?"

学生们面面相觑。

课后年级主任找她谈了话,她说是自己眼花了,昨天批改作业、照顾孩子,睡得很晚。

"别人看不见那种植物。其实无关紧要,那些枝条和花都那么细,遮不住我的眼睛,不会对生活有任何实质性的影响。"胡老师安慰自己,"这可能是一种特异功能。"可很快,她又发现了不一样的问题。

她感受不到快乐了。

不是说伤心或者说痛苦,而是单纯地失去了快乐这种感受。无论是在工作中取得成绩,还是在假期中得以休息,胡老师都没办法体验到快乐。每当她意识到,在某个时间本当感到快乐的时候,那些花就开出来,横七竖八地在她的生活里绽放。

一开始大家都安慰她,让她高兴点,想开些,孩子的爸爸还经常往家里打钱呢,说说明没把她们娘俩忘了。

可胡老师本来就没有为这些事情发愁,就算没有丈夫——姑且这么称呼吧——时不时打的那点钱,她的收入也完全可以支撑她和孩子的日常开销,父母都有养老金,有儿子,轮不到她操心。于是她就这样跟别人解释,说了几次,大家就当她的问题已经解决了,毕竟时间一长,谁也不愿意为了别人的不开心,而让自己不高兴。

除了大美女。

大美女举起胳膊,在圆圆的黄色灯光下面,把双手摆成各种形状。

"老胡,你看,鸽子,小狗,这个你猜是什么?"

"猜不出来。"

"这个是吉他,一把约翰·列侬的吉他。"

胡老师觉得此刻应该有些笑的感觉,于是她命令颧骨上的肌肉提起来,眼睛也眯起来,可同时黑色的枝条又缠在灯柱上,花朵开得好大,把光线都遮住了大半。

大美女放下双手,挠了挠肩膀,指着墙上一排排唱片说:"记得咱们第一次听列侬吗?"

胡小楠在十五岁时曾无所不能。

当时,她从自家的楼道里走出去,用健康的皮肤把所有光和视线都弹开,成为一个地面上的太阳。她用缩地成寸的魔法,驱使车辆如自己的肢体,带她穿过城市。从公交车上一跃而下,柏油路主动变成蹦床,她步伐轻盈,几下就跳进大美女的家里。

就是从那个夏天开始,大美女的房间里,开始贴越来越多的海报。

胡小楠问:"这是什么乐队?"

大美女说:"这是 Beatles(披头士)!全世界最棒的摇滚乐队!"

她们的二十根手指,分成两组扣在一起,在 Beatles 为她们准备的特别演奏里,翩翩起舞。

胡小楠说:"那几个男生,你最终答应谁了?"

大美女说:"我怎么能答应他们?他们不知道 Beatles,不喜欢读书,他们连《红楼梦》都不看!也许列侬复活来追求我,我会考虑的。"

胡小楠说:"列侬结婚了吗?他有孩子吗?"

大美女说:"他结过婚,也有孩子,他的儿子还是个中国人呢,咱们东北人!"

她们打开电脑,*Windows XP* 的草原背景图出现,"我的电脑""网络邻居""IE 浏览器"和"拨号上网"旁边有白白的云朵。

她们找到大美女下载的电影,里面有个帅帅的男演员,他总是一副难过的样子,他躲在黑色的房间里,黑色的衣服,黑色的表情。他的脸也出现在海报里,被贴在大美女房间的墙上,大美女的房间漂漂亮亮的,从不会在白天拉上窗帘,采光也很好。

那个男演员说:"我是列侬的儿子。"

胡小楠当晚住在大美女的家里。两个人躺在床上,都没有睡着,夜风通过半开的窗子向她们吹来,却被窗帘遮住,被迫臣服,成为少女卑微的访客。

大美女说:"你知道吗?前几天,我们家来了个大学生,是我爸的同事。"

胡小楠说:"什么大学的?他是不是懂得很多?"

大美女说:"据说是复旦大学的,不知道为什么会来咱们这儿。我问了他很多问题,他有的能回答上,有的回答不上,他说大学里有不同的专业,没有人是什么都会的。"

胡小楠说:"那你问他那个问题了吗?"

大美女说:"我问了!他说,对他来说,活着就是为了读书,读很多书,读更多书。"

胡小楠说:"然后呢?读书又是为了什么?"

大美女说:"我也问了。他想了很长时间,说在大学里,大家读书是为了考据,考据是为了写论文,写论文是为了工作,可是工作有可能也只是为了活着。他也搞不懂。"

胡小楠说:"真复杂啊!"

大美女说:"是啊,真复杂。"

第二天早上,她们救了一个女孩。

每次在大美女家早起时,她们俩都会沿着益寿山晨跑,路过体育广场,路过第十九中学,然后吃一碗馄饨,再回家。

当时,那个又白又漂亮的瘦女孩,被另外几个女生围在中间,她们一起站在第十九中学的校门不远处,一棵松树的阴凉里。离她们十几米的地方,是第十九中学的保安亭,可保安也在放暑假,不知道如果他今天工作,会不会阻止那几个女生,让她们不要再打那个女孩的耳光。

大美女说:"你们要干吗?一大清早就欺负人?"

几个女生里面有个大姐大,她的头发是蓝色的,爹着堆在头上。她去踢大美女的肚子,可胡小楠抓住了她的脚,把她掀了个跟头。

胡小楠这时又施展了自己的魔力,她抬起双手,把拳头摆在脸的两侧,用呼喝的形式,吐出强有力的单个字符,然后用这种魔力驱赶了敌人。看着那些五颜六色的"头发"跑远,胡小楠认为自己的人生极其丰盈,尤其在此刻,几乎要溢出来,向世界提供浓郁的芳香。

大美女拥抱了那个瘦女孩,她说:"你没事吧?"

瘦女孩不说话,她哭个不停。

她们安慰她,用双手和怀抱,用馄饨和汽水,用风在夏天吹动树叶的声响。

快到中午的时候她们才分别,胡小楠说:"明天我们还来,你就在那儿等我们,她们不敢欺负你的。"

瘦女孩眼睛红红的,但还是努力笑着,点了点头。

接下来的一天,又一个清晨,胡小楠和大美女从各自的家里赶到这里,可是那女孩没在,那些五颜六色的"头发"也没在。

大美女说:"为什么她没来呢?她会不会遇到什么问题了?"

胡小楠说:"不知道,会不会有些人就是会突然消失呢?也许人生一直就会这样。"

徐麒十岁那年,胡老师与徐占见了最后一面。

徐占一直是个很有魅力的人。他学医,年轻的外科医生,酒量好，几乎从来不醉，会拉小提琴，曾经在胡志明市读过自己写的诗。在夜晚的西贡河上，他一面擦着胡老师的眼泪，一面说爱她，于是胡老师也爱上了徐占。她从不好奇这两份爱，哪一份更多。

结婚的事，除了父母，胡老师只和大美女说过。

那时的大美女，早已不再像上学时那么漂亮和开朗，她胖了很多，躲在房间里，成天吃零食，看网络连续剧，一天就能看几部。同学聚会时，有男生对大美女说："你现在怎么变成这样了？我都不明白，那时候我们怎么都管你叫大美女。得亏你没答应跟我处对象，要不然别人知道了都得笑话。"胡老师越过整张桌子跑过去，打了那男生两个耳光，同学们把两人扯开，胡老师用自己紧实而修长的腿，又踢了男生一脚。

同学们早早地散了，胡老师和大美女一起回家，她们俩躺在大美女的床上，书和专辑比以前多了不少，还添了一个不太亮的落地灯，其他似乎都没什么不同，就好像这十年间，一切事情都没有发生。

那天晚上，大美女说："我现在想通了，如果列侬追我，应该也不行，我和他的饮食习惯太不一样，过不到一块去。"胡老师笑个不停，把大美女抱进怀里，两个人如同一对互相拥抱的飞蛾，薄薄的毛巾被，就像是她们的翅膀。

大美女见过徐占几次，没提出过什么看法，胡老师的父母就更没意见，年轻帅气的外科医生无疑是嫁女儿很好的选择。结婚的事就顺理成章地定下来，并且按部就班地推进着。只有在婚礼的事上产生了些分歧，双方家长都主张大办，毕竟男方是医生，女方是教师，都有社会上体面的身份，人脉又广，办场气派的婚礼，里子面子都能拿得到。可胡老师不喜欢，她认为早在胡志明市，她就已经定好了自己的终身，余下的事情，都和她自己的婚姻无关。

最终还是拗不过，在双鸭山当时唯一的旋转餐厅里，两人办了场婚礼。据徐占说，他知道胡老师的性格活泼爱闹，在旋转餐厅里办自助餐婚礼，新人站在一处不动，就可以把所有宾客的酒都敬到，很好玩，很有意思。胡老师隐约体会到徐占的关心，于是她挑了身腰最细的婚纱，把自己扎得紧紧的，想让徐占所有的亲戚、朋友、同事、患者都觉得，徐占找了个好老婆，漂亮、体面、身材很好。可当天徐占被狐朋狗友灌得烂醉，回到洞房的时候，徐占把头埋在胡老师的喜服里，他说："我的青春时代，终于还是结束了。"

结婚的第二年，胡老师就生了徐麒。

家里有了新成员，每个人都很高兴，可渐渐地，随着徐麒时常出现的连续抽搐和不时翻起的白眼，大家又都觉得不对。徐占用身为医生的敏感度，带着徐麒去做了全面体检，得到的结论是徐麒有严重的先天性疾病，会有智力缺陷，以后的生活，自理都成问题。

徐占与胡老师夫妻俩，共同坚持了九年，在这九年的时间里，他们共同学会了急性癫痫发作时的处理方法，患者遇到危险时的急救措施，和智力方面有问题的孩子相处的方式，诸如此类的事，除此之外，徐占还学会了抽烟。一开始胡老师想劝劝他，毕竟对自己和孩子的身体都不好，可每当看见徐占黯淡的神色时，她也就作罢，不再劝。

徐占这一抽就是九年。直到有一天徐占告诉她，想去读个硕士，学习学习现在最先进的医学理念，看看有没有机会治好徐麒。胡老师都支持，她觉得哪怕不是为了治病，就算只是让徐占暂时离开家，去外面换换心情也值得，就像当年徐占为了她，选择在旋转餐厅办婚礼那样。

徐占的头脑聪明，又有底子，只复习了半年，就考上了南方一所大学的研究生。

胡老师一直送徐占到哈尔滨，送他到机场，才跟他告别，独自回家照顾孩子。在回双鸭山的火车上，胡老师收到徐占发过来的微信，上面说："孩子和家就靠你了，一直以来你都是很坚强的女人，我相信这一切你能处理好，加油。"当时正是初春，田野里大片的冰雪还没有完全消融，天早早地黑了，列车穿过白茫茫的大地，一排排树在黑暗中望去，就好像人的肋骨，铁路在其中像一根铁做的脊柱，无比坚硬，却又曲折，但永远都不会断掉。

"第十七条：看电影，吃冷饮，购物。"

电影是大美女选的，剧情是男子带妻子跑到东南亚旅游，并且杀害了她。据说这片子很多人都喜欢，网上也有很多讨论，胡老师没怎么认真看，她觉得杀人之类的事，都离自己的生活太远了,要是真有人愿意杀她,也许对她来说还算是一种省心。

然后她们去了冷饮厅,现在的冷饮厅和她们年轻时的相比,有很多变化,多了些鸡尾酒,还有瓶子很漂亮的啤酒。胡老师想起昨天呕吐的感觉,胃里又是一阵酸痛,她看向那些酒,扭曲的枝条飞速生长,把瓶子缠得严严实实,上面的图案一点也看不出来了。她们点了两个炒冰果,据大美女说,甜得发腻,可胡老师也没怎么觉得,就是一般的味道。

最后是购物,双鸭山的商场没什么好逛的,都是些没听过的牌子,卖的衣服又贵又难看,唯一能提供的,只有一种"在逛街"的感觉。直到商场快关门的时候,胡老师才遇见那件大衣。深紫色的,下摆很长,如果是胡老师穿,可能边缘都要拖到地上,大美女就更不用说,那衣服挂在那里,用肉眼看去,已经要比大美女长上一大截。胡老师瞄了两眼,就赶紧把目光收回去,和大美女一起下楼,准备打车回家。

把大美女送上出租车,胡老师用细碎而忐忑的步伐,溜回了商场里。

她回到那件大衣所在的铺位,看着它,看见周围严严实实、密密麻麻的枝叶,从商场的各个角落里生长出来,看见那深紫色上面荡漾出似有似无的火焰,震慑住那些黑色的植物,让它们的花朵露出胆怯,不敢肆无忌惮地在胡老师眼前开出来。

周围的商铺已经在陆续打烊了,帘子拉起来,伸缩门降下来,顾客们和商贩都慢悠悠地从被商品包围的世界里走出去,很快就只剩下胡老师和她面前的这一家服装店。这家的售货员似乎是个很有耐心又很温柔的人,她静静地看着胡老师,好像在等待这最后一个顾客做出决定,她的眼神看起来有点迷茫,有点困惑,但最终,她还是没有来过问,这个顾客到底在对哪件商品如此犹豫。

胡老师还是向前走了两步,伸出手,摸了摸那件大衣的袖子。这种动作就像是一种表达,试图向别人表明,自己存在一些购买的欲望。她问:"这件大衣多少钱?"

售货员从大衣的领子下面扯出价签,把上面的数字报给胡老师,好像是急于促成这单生意似的,她用有点迫切的语气说:"今天快下班了,你要是诚心想要,我给你打个五折,一半的价你就拿走,要是穿两天不喜欢,你再拿回来,我给你退。价签剪掉了也没关系,这件衣服挺多人都想要的,你退回来我也不愁卖。"

胡老师抓住大衣的肩部,往上提了提,确实很长,她迟疑着发问:"这衣服……是男款的?会不会有点太长了。"

售货员和蔼地笑着,语气温柔:"这衣服男女都能穿,男生穿着显型儿,要是你自己穿,就更没问题了,看你,天生的衣服架子。"

胡老师想了想,实在没什么好拒绝的理由,就付了钱,拿走了大衣。

一直到下楼的时候,售货员一面扯着门帘,一面还向胡老师说着:"美女,我家有好多适合你的衣服,你下次带朋友一块过来,我都给你打折!"

晚饭时间，胡老师才到家，准备从楼下的饺子馆把徐麒接回去。

从徐占去南方读研究生，到现在已整三年了。这期间他打过几次钱，但人一次也没回来过，极少数的时候打个电话，聊起家里情况，就只问问双方老人和胡老师的工作，对徐麒的事，他往往避而不谈。某次徐占的妈妈生病住院，胡老师主动给徐占打了电话，被徐占用最快的速度挂断，后来徐占解释说，当时在实验室里，不好接电话。胡老师什么都没说。

去年秋天的时候，胡老师带着徐麒，两个人从过去的家里搬了出来。之前的老邻居每天絮叨徐占的事，说徐占看着就老实，不会变心，也有的劝胡老师离婚，所有的这些说法，胡老师都觉得烦，再加上小区里的孩子总是欺负徐麒，她就干脆自己找了个新地方，买了套新房，安了个新家。跟徐占提过一嘴，徐占没意见。他能有什么意见呢？他似乎对双鸭山的一切事情，都已经失去了关心。

胡老师对新家很满意，邻居们都很冷漠，不关心他们母子的生活，她只需要上班下班，陪徐麒玩。一开始，她与徐麒形影不离，生怕谁欺负了他，可有一次娘俩在楼下吃饺子的时候，胡老师发现，徐麒似乎跟店老板很聊得来。那个被叫作小张的男人，一面包着饺子，一面给徐麒讲笑话，逗得徐麒咯咯直笑。在不忙的时候，他还教会了徐麒擀饺子皮。

小张说："胡姐，你下回有事不在家，就让徐麒在我店里玩呗，省得我孤单。"

今天吃完饺子，结账的时候，胡老师趁着小张不注意，把那件大衣塞到了柜台下面。

回到家，胡老师给徐麒打开电脑，让他先去玩游戏，自己打开书桌上的一大沓卷子，却没有开始批改。她想着什么，忽然做了决定，打开那个随身带着的小笔记本，从上面把"第十七条：看电影，吃冷饮，购物"画掉，又翻到最后一页，在上面写了几个字。她做完这一切，就深深吸口气，靠在椅背上，用手指轻轻摩挲着那些枝条和花朵，第一次感受到它们所能提供的不多的温柔。

徐麒又被找家长了。

再过几天就小学毕业了，老师和家长都不愿意再找是非，可徐麒和人打架打得太凶，几乎扯掉了别的小朋友的耳朵，胡老师只好过去，耐心地给人家赔礼道歉。她对这些事不会感到痛苦，这几乎已成为她生活中的一种常态。

道歉的时候，对方家长用自己的食指，不断点着胡老师和徐麒，边点边骂："你们家大人不积德，生个傻子出来，还把他送来学校，糟践别人家孩子，我们家孩子以后出了后遗症，你们都得管。"

胡老师看了看徐麒，又看了看对方的孩子，两个孩子都躲在自己妈妈的身后。她穿过无数黑色枝叶和花朵，盯着对方家长的眼睛，心平气和地说："我家的孩子能不能上学，你说了不算。钱已经赔给你了，如果你需要，我可以继续道歉，希望你可以讲些礼貌，至少在你的孩子面前，做个好榜样。"

在回家的路上，胡老师问徐麒，为什么要和同学打架。徐麒好像还没消气，红着眼睛，咬牙切齿地说，班里的同学玩打沙包，他也想参加，可是玩的时候，那些孩子却偷偷把沙包换成了石头。徐麒说着，掀起校服上衣，露出身上被石头擦伤的皮肤。

胡老师又问为什么不告诉老师，徐麒生闷气，不再回答。

胡老师回忆起，之前一家人为了徐麒上学的事，着实操了不少心。有亲戚建议说，徐麒这种情况，应该送到特殊教育学校。可胡老师放心不下，她总希望如果可以，让徐麒待在一个自己能照顾到的地方。跟家里吵了几次后，她最终还是决定，让徐麒去自己单位的附属小学读书，至少离得近，有什么事情她都能及时照应。现在想起来，也不知道这个决定到底是对是错。不过至少从今年下半年开始，徐麒就上初中了，她可以把徐麒放在自己的班级里，好好照顾。为了这件事，她已经带了两届初一，还花钱送礼，找了不少人，确保未来三年，她都可以亲自照顾儿子。

在楼下停好了车，胡老师带徐麒上楼前，还特意往饺子馆里望了望。现在还不是饭点，没到最忙的时候，小张正和两个老人一起包饺子，时不时说笑着，可能是他的父母，一家三口。胡老师牵着徐麒的手，不自觉地紧握了一下，徐麒用疑惑的眼神看向她，胡老师微笑，摸了摸徐麒的头，说："我们回家吧。"

胡小楠考上大学那年，她哥哥正好结婚。当新人在司仪的指导下，向双方家长鞠躬改口，并从他们手里接过红包的时候，胡小楠正攥着她的录取通知书，和大美女一起，把想从喷泉池子里捞硬币的孩子们赶走。

在那时，胡小楠的魔力已经有所减弱，她用泡泡水所能吹出泡泡的直径，仅仅是巅峰时期的三分之一。她认为是劳累的高中生活在一定程度上削弱了她的魔法，可她依然保留着许多神奇的力量。

冬天的时候，她可以最快堆出最漂亮的雪人，然后号召全院的孩子围着它唱歌；她可以光着双手，飞速搓出无数又圆又大的雪球，精准砸在男生们的头上；如果男生要和她摔跤，她可以灵活地把他们绊倒，然后做着鬼脸寻找下一个对手。

等到了夏天，那就更是她的主场，无论是跳山羊还是跳皮筋，她都来者不拒，而且能毫不费力地从最高那一档上跳过去；她只需要用锥子在矿泉水瓶盖上扎个洞，就可以做出能战胜所有魔怪与恶龙的水枪。

大美女始终和她并肩作战，是她最信任的伙伴和吟游诗人。在大美女的电脑上，她们曾一起看过《魔法少女小樱》，她们为之气愤，痛骂那个卑劣的窃贼偷偷记录了她们的生活并拍成动画，却没有通知她们，还要等她们自己找到。

那几年，双鸭山的街道变得越来越宽，路上的车也越来越多，胡小楠家搬了好几次，却始终没能搬进大美女家的小区。她只能不断发动魔法，飞进大美女的房间；并且使用一种相对比较普遍的能力，让书本上的知识进入大脑，再运用这些知识，确保自己可以一直和大美女在同个学校、同个班级里。她不断运用这种能力，愈发熟练，一直到这天，她收到了一封远方的来信，这封信会变成一条窄窄的飞毯，送她到某个过去只听过名字的城市里，度过四年，再后来，她会认识一个男人，那男人会和她一起去更南的地方划船，再和她一起回到她最熟悉的更北的地方，在那里，她会用上自己全部的魔力，创造一个生命，并开启与魔法完全无关的另一段生涯。

只是在这一天，胡小楠对未来的一切还不知晓。

她说："为什么会有人往这里面扔硬币呢？"

大美女说："不知道，也许是为了许愿。"

她说："对着温泉许愿有什么用？可以跟我许愿！我最愿意助人为乐。"

大美女说："那我许个愿：咱们的录取通知书能早点到。要不然天天惦记，觉都睡不好。"

她说："这有什么好惦记的，我的都到了，你看！"

大美女说："啊？刚才我就看你拿着，原来是录取通知书啊，快打开看看，考上哪儿了？"

她说："有什么好看的，我可不想看，万一和你考的不是一个地方，我多难过啊，我等你的到了再一块看——哎，那小子，你给我从池子里上来！"

胡小楠大喊着，飞快地向不远处的孩子跑去，想赶在他掉进水里之前，把他捞上来。可忽然间喷泉启动了，把胡小楠、大美女和池边的孩子都吓了一跳。胡小楠向前一大步，终于搂住了那孩子，把他拎到了喷泉池外。

大美女也跑过来,她说:"真奇怪,这喷泉不是只有晚上才会开吗?"

胡小楠把录取通知书顶在头上,看着喷泉说:"管它呢,喷一会儿好,淋点水多凉快啊。"

她看着喷泉里的水时高时低,旋转飞舞,变换着各种花样。本来落在喷泉周围的麻雀,被这些水花惊起,又不愿飞远,就那样傻乎乎地跳来跳去。

渐渐地,这里吸引了一些人,他们围在喷泉池边,驻足欣赏,沉默微笑。胡小楠穿过那些水花看见他们,有一种视线逐渐模糊的感觉,那些人影好像正变得越来越细长,变成一条条黑色的印记,麻雀们穿梭其中,变成一朵朵细小的花。

一阵敲门声,把胡老师从恍神中叫醒了,面前煮着挂面的锅正在沸腾。

她赶紧调小了火,打开房门,没有人,只摆着一个大泡沫箱。

胡老师把泡沫箱抱进屋,摘下泡沫盖,里面放着几大袋速冻饺子,塑料袋外面还贴着纸条,上面写着袋中饺子是什么馅的。在泡沫箱的深处,还放着另一个平平整整的袋子,那件深紫色的大衣就在里面,连吊牌都没有被剪。

犹豫了两天,胡老师还是想把这件大衣退掉。

倒不是心疼买衣服那几百块钱,主要是她总能想起来,那售货员说的,好多人都喜欢这件衣服,万一退回去,还能有别人买去了，穿着高兴呢？自己家里又没人能穿，她看见这衣服心里就别扭。

挑了个周末，胡老师领着徐麒去了商场，把衣服退掉，顺便还能带徐麒吃顿必胜客。在商场里，徐麒表现得很兴奋，他好像很喜欢人多的地方，尤其是路过玩具店的时候，眼睛几乎都要飞进去了，胡老师每次都不想给他买，可每次都狠不下心，最终还是以抱着一堆玩具去必胜客告终。

胡老师想最后再去退大衣，她也不知道自己为什么拖延，也许是因为衣服的样式确实好看，在必胜客里，她还拿出来又看了两眼。可留着这件衣服干吗呢？自己穿，明显太长了，对一个教师以及孩子妈妈来说，多少有点花哨；而且真穿出去，万一被小张看见了，更是徒增尴尬。就退了吧，退了就省心了。胡老师不断这样想。

磨磨蹭蹭，走到那家服装店的时候，售货员正好在吃饭，看见胡老师走过来，她露出特别高兴的神色。

售货员说："来了，美女！那衣服穿着咋样，还得劲吗？这两天我这儿进了一批新品，你挑挑有没有喜欢的，只要你相中的，一律打五折。这是你家孩子？这么大啦。你慢慢挑，让孩子坐下歇会儿，我不用凳子。"

胡老师感受到售货员的热情，话更说不出口了。

可售货员已经注意到了胡老师手里的东西，也注意到了胡老师窘迫的表情，她把胡老师和徐麒拉进自己的店，小声说："咋了，姐，是想退衣服吗？还是有什么不方便？你需要帮忙的话就跟我说，我能给你想办法。"

胡老师没能琢磨清楚，为什么一个素昧平生的售货员，非要这么上赶着帮助自己。在那个时刻，她只是觉得又委屈又疲惫，她想起自己的心事，连对着最好的朋友大美女都没好意思说出来的话，忽然向这个售货员全都倒了出来。她说得很投入，到后面声音都大了不少。徐麒看着妈妈，手里的玩具还在发出光亮和声响，让他显得有点无措。

售货员一直握着胡老师的手，认真听着，两个女人在嘈杂的商场里，安静地连接在了一起。一直等到胡老师说得累了，售货员才扶她坐好，把那件大衣从袋子里拿了出来，却没有挂起来，而是放在胡老师腿上，温柔地对她说："穿上这件衣服，试试，怎么样？如果你愿意的话。"

胡老师不知所措，售货员拉住她的手，在她的手背上摸了摸，然后绕到她的身后，一只手抓着大衣的领子，另一只手提起一条又宽又长的袖子，对胡老师说："来，穿上看看。"

胡老师只好照做，她就像个孩子似的，在大人的照顾下穿上了衣服，又被这个似乎很善良的大人领着，走到试衣镜前。镜中穿着修长大衣的自己，好像诱发出了什么心绪，可她完全想不明白。

售货员说："你看，这衣服多适合你啊。

"其实你上次过来，我就认出你来了。你第一次路过我还不敢认，结果到了快下班的时候，你又回来了，盯着这件大衣看。我观察了半天，确定就是你，你一点都没变，还和那时候一模一样。

"你看了这件大衣那么久。当时我就想着，既然你喜欢，怎么也得让你穿上。

"何况这衣服多配你啊，就像你那时候跟我说的，你说你有魔法，可以保护所有人。你看这件衣服，像不像魔法师的长袍？我觉得像，至少在我眼里，你就跟十五岁那年，帮我打跑了坏人的魔法英雄一模一样。

"真对不起，那天之后我还是很害怕，我怕如果我去找你们，又会遇见那些坏人，她们会趁你们不在的时候欺负我，所以我躲了起来，因为胆小而违背了约定。

"但你不一样，你一直都很勇敢，你有魔法，你能保护所有人，你保护的人也会保护你。

"大衣送给你了，不是报答啊，是给十五岁魔法英雄的奖励。"

胡老师哭了，可她的眼泪似乎是非凡的，她觉得久违的魔力正从大衣上滚滚涌来，迅速充盈了她的人生，她的身体正在变轻，而那些黑色的枝条和花朵却在慢慢枯萎，它们承受不了魔力的冲击。

胡老师拥抱了她早就相识的新朋友，她们充满感激。

胡老师转过身，看向站在旁边蒙蒙的徐麒，问："还想打沙包吗，小麒？"

大美女的沙包打得不好，总是歪歪扭扭的，很容易就被胡老师接住。而胡老师却已经有了魔力的加持,她操纵那个小小的装了沙的布团子,比曾经操纵雪球更简单,她扔得那么准,可以在精准打在徐麒身上的同时,把那些残留的枝叶和花打得粉碎。

徐麒高兴极了,每次被打中的时候,他又跳又笑,好像是在为终于找到了玩伴而快乐。

他们不止玩了打沙包,他们跳皮筋,跳山羊,爬树,玩沙子,拿木棍当剑打架,还买了两瓶矿泉水,盖子上面扎了洞,用来打水仗。尽管徐麒用的是最先进的玩具水枪,可在胡老师的运筹帷幄下,她和大美女依然占据上风,成为这一块小小战场上最耀眼的英雄。他们玩了很久,一直到天马上就要黑下去,只剩下一点点夕阳的时候,他们才坐在操场边的水泥平台上歇脚。徐麒累得不轻,一坐下就靠着胡老师睡着了。

胡老师从怀里拿出那个本子,对大美女说:"我有点觉得,其实这些事都挺有意思的。"

大美女说:"我觉得一部分吧,有的也没意思,像这个——第九条:参与双鸭山摇滚爱好者协会的活动。太恐怖了,你记得那男的吗?"

胡老师说:"就长头发那个是吧?确实恐怖,一张嘴就是:我要为了摇滚而死!那哪儿是摇滚爱好者啊,应该叫要命爱好者。"

大美女说:"第十三条:帮人遛狗。这种比较好,现在邻居家的狗跟我比跟主人还亲呢,用网上的话来说,我应该已经算实现云养狗自由了。"

胡老师说:"这个是什么来着?画得太黑了,看不出来。"

大美女说:"你翻过来,从背面看看呢?"

胡老师说:"试过了,背面也是一样黑,你说我画两下得了呗,当时怎么这么有闲心呢。"

胡老师把本子放在腿上,借着夕阳的余晖,又认真翻看了两次,对大美女说:"我觉得可以把这些都重新再体验一次,然后找点新的,我还没坐过热气球,没看过极光,没在南极和企鹅拍过照。听说新西兰有一种羊,羊毛特别重,下大雨之后羊毛吸满了水,那些羊就会失去平衡摔倒,直到有人把它们扶起来。多有意思啊,我想去扶那些羊。"

大美女很认真地点点头,握住了胡老师的手。

"你什么都能扶起来,你有魔法。"

夕阳已经完全沉没,起了一点微风,让胡老师有了些更凉爽的感觉,却没有觉得冷,她生命中两个最重要的人,此刻就在她的两侧,紧靠着她。她散发出自己的魔力,将他们紧紧地包裹起来,不允许任何坏的东西接近和侵入。

在那个瞬间,胡小楠忽然想起来,今天,自己就四十岁了。

涅槃

王杨觉得有些闷，抻了抻高领毛衣的领子边缘，回家的客车，已经堵在路上很久了。

车外起了大雾，所有人的眼前都是一片白色，连前车的车牌号都看不真切，司机只能把着方向盘慢慢往前挪动，不敢猛踩油门，生怕开到未知而危险的地方去。车上的氛围，也如车外的空气般凝滞，乘客挤得满满当当，个个呼吸沉重，没有人说话，短视频的音效和汽车的鸣笛声混成一团，惹得人烦躁。

王杨想起自己上学时，每到周末，也是坐这趟车回家。那时候的客车比现在小得多，是老式的，车内司机座与副驾驶座之间，有个一平方米见方的机盖，平时可以坐人，但一旦遇到交警，随着司机一声令下，机盖上的人就得赶紧压低身子，缩成一团，把头紧紧地埋在怀里，后排站着的乘客也都赶紧蹲低，让交警一眼望去，看到车上只有座位上坐着人，才好顺利通过。现在的客车已不需要这样，没座位的乘客可以光明正大地站着，王杨有点怀念那个机盖。

王杨在漫无头绪里，似乎摸到了一点线头，他顺着想了下去，暂且不去关心有点发酸的双腿和外面模糊了阴晴的白色大雾。外面的雾真实地包裹着一切，整个城市已成了一锅用烟灰煮成的汤。

双鸭山的雾，大概是从十几年前开始有的。那年头，农业税刚取消，农民们都着实高兴了几天，可时间一长，兴奋劲消了，日子就还是照着从前那么过。种苞米，种水稻，收粮食，烧秸秆，一年下半年的地，然后打半年麻将。可也是从那时候开始，城里开始慢慢起雾了，不光是城里，到处都弥漫着一种结实的、浓密的雾气。秋冬之交是最严重的，有时候人走在路上，周围白茫茫结成一体，除此之外什么都看不见，像是这座城里从来没有过建筑一样。

有人说，这种雾是燃煤供暖造成的。东北天冷，国庆刚过就得开始烧煤取暖，早年间是各个单位、各个社区自己解决，就连小学也得配个锅炉房。条件再差些，住平房的，就自己买煤烧炉子。一到冷的时候，大院小院、家家户户，烟囱里都往外冒灰烟，出门在外的人晚上回到家洗脸，一搓一把泥。也许是那些灰烟没能散干净，跟空气混合起来，变成了白雾？可双鸭山多少年来，就是个煤的城市，出产煤，销售煤，使用煤，连支柱产业都是锅炉厂，为什么偏偏这几年有了雾？更别说后来，改成全市集中供暖，用电厂发电产生的余热给城市过冬，大大小小的锅炉房都逐渐停用，可雾还是没怎么散。又有流言说要怪电厂排出的白烟，搞得电厂在厂房周围贴满了科普文章，解释那些白烟都是水蒸气，是燃煤利用率高，减少污染的结果。时间一久，诘问电厂的声音也渐渐小了，只有雾还在。

还有人说，是农村烧秸秆导致的。王杨对烧秸秆的印象很深，每年秋天，庄稼收完，苞米背走倒进粮仓，苞米秆子摊在地里，抱一些回家烧火做饭，剩下的码成一排排的，一把火烧掉。王杨第一次听说烧秸秆造雾这种说法，是上小学的时候，同桌说的。那年北京办奥运会，全国人民关注体育，村里的孩子们玩的也不再是骑马打仗，而是拿纸壳做金银铜牌，做运动员游戏。王杨的父亲不让他出门，他只能在家埋头写作业，耳朵边是同龄孩子们颁奖欢呼的声音。那年他六年级，正是最贪玩的岁数，可就算在学校，下课的时候他也不敢跑到操场上，他时刻想着，父亲要他出息，告诉他老王家的祖坟就指着他才能冒青烟，冒了青烟，抛下他们爷俩跑掉的女人才会后悔一辈子。王杨对这些事不是很清楚，但他知道，自己和其他孩子相比，就是没有资格出去玩，他只能坐在窗边发呆。就是在那时候，在他尽力地看向外面，想在白雾里看清孩子们玩的游戏的时候，身边扎着马尾辫，总喜欢在校服里面穿洁白衬衫的女同桌，凑到他的身边，指着外面说："你看，是你们农村人放的火，烟飘到城里来了。"

王杨下车的时候已经九点多了，随着太阳越升越高，雾已稀了些，就像一件越穿越旧的白衣服，年头太久，有些地方已磨得透明，透过去，就能看到他从小居住的村庄。

村庄里的房屋排列整齐，并不错落。因为已经是农闲时节，村路上没什么人，偶尔会响起一两声鸡鸣或是羊叫，听起来都倦倦的，无精打采，只有些离路近的房子里，会隐隐飘出电视剧里说台词的声音或麻将碰撞的声音。村子最中心的位置，是一排已经废弃了的砖房，曾经是生产大队，后来大队取消了，就改成了学校。再后来，村里的孩子太少，已不能支撑起一所学校，就又被养殖户承包，改成了猪圈。一直到前几年，养殖户在城里买了房子，大队学校猪圈旧址才彻底遭到废弃，只有一些处于青春期的孩子偶尔会跑到里面，偷偷地分烟抽。那排房子还是学校的时候，王杨在里面读过几个月书，完成了人生的知识初体验，之后没多久就转学去了城里。有一年，他心血来潮，想回到曾经的教室里看看，结果被围栏挡在了外面，围栏里弥漫着猪粪的臭味。

王杨的家在离村口最远的地方，他得穿过整个村子，才能回到家。他走在小路上，想起今天被迫赶早车回家的原因。昨天晚上，他刚刚结束一对一的辅导，把学生送出家门，就接到父亲的电话。父亲破天荒地没有在这个时间醉成一摊泥，也没有向他抱怨说教，而是有些慌乱，有些胆怯，有些怎么也遮盖不住的色厉内荏。王杨觉得有点奇怪，在他全部的记忆中，父亲一向是口若悬河、滔滔不绝的。

"王杨，你现在回趟家，赶紧的。"

"现在？现在都几点了，回不去。有什么事吗？"

"你打个车，别管多少钱，快点，有急事。"

"什么事直接说。"

"哎呀，不好说！你回来吧。"

"回不去,我得复习,下个月就考试了。"

"小兔崽子……我是不是你爹?你爹说话都不听?"

父亲急了,可话也说得有点颤,王杨不想探寻他语气颤抖的原因,直接挂断电话,把手机关了机。

今天一早,王杨还是去客运站买了车票,终究得回一趟家。他担心,要是真的不管,父亲可能会进城来闹,既不好看,又影响他复习,如果一直闹下去,也许还会影响他后续的面试。他已经待业很久了,这次考编,他怎么都不想出差错。

村子不大,王杨很快就到了家。没急着进门,他觉得父亲可能真遇到了什么大事,因为那间贴满了白瓷砖的大瓦房里,静悄悄的,没有电视的声音,没有短视频的声音,也听不见父亲高声地叫骂,说生了个王八蛋,有大事找他都不知道回家。父亲还在房间里吗?父亲正处在什么样的境地呢?会不会一进门,就撞见父亲已经吊死了,或是满身刀伤地躺在血泊里?王杨对自己的这种想法感到罪恶,他想起听过的一个民间传闻,说如果人做了坏事,动了坏念头,会减功德,会下地狱。小的时候,王杨曾用二踢脚炸过蚂蚁窝,还把毛毛虫喂给过蚂蚁。后来去村里亲戚家玩的时候,他读到亲戚家的经书,说杀生有罪,那天晚上,王杨被自己过往的罪恶所惊醒,被火炕烫出了一身的汗。

王杨观察着周围的事物。院子里的菜园早已经荒了,长满了蒿子。前些年王杨在市里读中学的时候,每到周末回家,都会把菜园清一清,把新长出来的蒿子拔掉。后来他去外地读大学,也就没人再管,一到秋天,那些蒿子枯得瘦骨嶙峋,身影憔悴,不再能从肥沃的土地里吸取营养。西边曾经是个马厩，现在堆着一些农具，还拴着一条狗。那狗不是王杨养的，他不认识。狗远远地看见了他，可似乎没有力气眼露凶光，只能继续有气无力地趴着。

房屋后面是一圈已长在那里很多年的杨树，王杨不知道是父亲种的，还是一早就有的；也不知道是先有杨树，圈住了村庄的边界，还是村庄先自己有了尽头，后面杨树才自己知趣地长了出来。很小的时候，父亲曾在某棵杨树下面捡到一只鹰，那鹰不知怎么折断了翅膀，只能屈居于人的怀中。可当王杨盯着那鹰看时，却发现鹰的眼睛里没有疼痛，只有一种深邃的饥饿。之后的很多年里，王杨再也没见过那么饥饿的动物。

他慢慢地走，绕到了院子的正后方，这里堆满了苞米秸秆和枯树枝，用作过冬烧火的燃料。东北的农家，一般是前后院里，各开两块菜地，种一些日常吃的茄子、豆角、白菜，也有人种些瓜果，秋天用拖拉机装到城里去卖。王杨小时候，家里还会种些甜秆，给他当零食吃。再就是各家承包的粮食用地，用东北话讲，叫"大地"，种粮卖粮，一年收支，都和这块大地息息相关。王杨父亲承包的大地，离他家的房子不远，站在后院里就能望见，一览无余。再越过大地向远看，是几座矮山，某座山上，还安置着王家的祖坟。

王杨看着远处出神，白雾仍未彻底散去，成为一道拦在他和祖先之间的阴影。忽然出现的两声呼喊，把他的思绪拉回了现实。

"王杨……王杨！"

是父亲的声音。王杨转头看去，看见父亲正伏着身子，半趴在厨房的窗台上，弯着胳膊，向自己急切地勾手，似乎是想招呼他赶快进屋。

走进房子，父亲并没有在客厅，王杨只好走到厨房去找他。父亲似乎在专注地看着些什么，即便许久未见的儿子走近身边，他依然没有回头。王杨看见父亲的背影，身上一件脏兮兮的深灰色羽绒服，下面一条有点松垮的薄棉裤，用红绳系在腰上。手边是一个用扑克牌叠成的、装旱烟叶的纸盒，还有一沓卷旱烟用的日历纸，脚下是一双沾满了泥的运动鞋，鞋后帮被踩在脚下面，露出黑漆漆的脚后跟，周围散落着一圈烟灰。再走近一点，王杨看到，纸盒里的旱烟叶已不多了。

王杨忽然有了些恶童般的怪念头，他轻手轻脚地走到父亲身后，抬起双手，猛地拍在了父亲的肩膀上。父亲尖叫一声，浑身好像被电般颤抖，暴跳着转身，那扑克牌纸盒也被他碰落，旱烟撒了满地，还差点把王杨撞个跟头。王杨瞥见父亲因惊恐而扭曲的脸，往后退了好几步。

诡异的寂静中，父亲调整着呼吸，竟然一句话都没跟王杨说，就径自又转过身，面向着窗户，盯着自家大地的方向一动不动。被这么一吓之后，父亲似乎佝偻得更严重了，他伏在窗台上，双手死死扣在台面上。王杨盯着那双手，似乎能感受到父亲在用力，他想，如果不是那双手的纹路里满是黑泥，现在应该能看见上面鼓起的青筋。渐渐地，父亲的呼吸平缓了，可厨房里并没有完全安静，一种古怪的咔咔声在回荡着，父亲在磨牙。

"爸，你怎么了？……你怎么不烧火？这屋里好冷。"

"儿子，好儿子，男人遇到事，一定不能怕事，不能怕事，不管什么事……"

父亲一直固执地嘟囔着，王杨已觉得有些恐怖了。他感到此刻的父亲无比陌生，和童年时眼里活泼的父亲，少年时眼里偏执的父亲，长大后眼里昏聩的父亲，都不一样，父亲此刻看起来，就像是一个被判了死刑的囚犯，一个绝症患者。父亲的情绪似乎终于稳定了些，他把窗户打开，秋风带着几丝煳味，飘进了厨房，把地上的旱烟叶和烟灰吹得四处乱跑。父亲的手抓着窗框的上沿，脚一用力，跳到窗台上，然后身子一缩，直接从窗子钻了出去。他向王杨招招手，示意王杨跟着。王杨有点犹豫，可看着父亲已经不回头地向远处走去，也只好像父亲刚才那样，从窗户翻到了外面。

王杨跟着父亲，向自家大地的方向走去。他有时候紧走几步，跟父亲并排而行，问些村子里的八卦，父亲只用喉咙里硬挤出的声音回答；有时候故意停下，想看看父亲会如何反应，父亲就好像没发现一样，自顾自地向前。王杨只能跟着。

不知怎的，今天到了快晌午时，反而有些起风。一阵尖厉的声响从田野上响起，不断地摩擦着王杨裸露在外的皮肤。秸秆燃烧后的草灰也混在风里面，快速飞过来，沾在王杨的脸上，王杨一擦，脸和手背都留下了几道印子。王杨看着那些乱窜的草灰，觉得它们就像是雾的结晶，是那些雾粉碎又重组的具象化体现。

而风是一切的仇敌,它不分昼夜地刮下去,把草灰刮走,把雾刮烂,把大地刮空,把人的眼睛刮成一线。王杨透过这一线,看清楚自家的大地就在面前,一座用秸秆堆成的高塔,就摆在这片人为划分好的土地中间。

两人走到那座高塔旁,秸秆的影子扁扁的,周围满是刚从白雾中挣扎出来的阳光。父亲环顾周围,看了又看,还嘱咐王杨,千万看着点,要是有人过来,要赶紧告诉他。然后父亲蹲下,从高塔的边缘,小心翼翼地挪走一些秸秆,再拽了拽王杨的裤腿。

王杨低头,看见秸秆里面露出一只被烧焦了的手。

饭店里太热了。

王杨坐在炕沿上,挪了挪被烫得有点发疼的屁股。外套早在进门的时候就脱了,现在他又解开衬衫的扣子,露出一大块烫伤留下的疤痕,从脖子一直往下蔓延,像是一层茧。

城里这几年流行有火炕的饭店。若干年前,一批人先从平房搬到楼房去的时候,除了个别恋旧的老人,大家都说睡床好,床软和,不硌,睡了也不上火。等大家都搬进了楼房,又有人说睡炕好,炕硬实,不伤腰,夏天凉快,冬天热乎。可也确实没见过谁从楼房里再搬回平房睡火炕的。大家只是在喝酒聚会、选饭店的当口,提上一嘴:"去那家,那家有火炕!"大家便纷纷回忆起火炕上盘着腿喝酒的妙处,众口一词,定下饭局的场所。

王杨一直不喜欢火炕,但他没辙,饭店是李伟松选的。

李伟松和王杨是十多年的朋友了,高中的时候,两人就总在一块。李伟松是学体育的,壮,大个子,一身腱子肉,在流行混社会的那几年,李伟松就是王杨的保护神,一般的混混遇见他俩,看见李伟松的块头,招惹的心思就没了八成。李伟松是王杨的好保镖,王杨是李伟松的好老师,他给李伟松抄作业,带李伟松学文化课,后来李伟松考上警校,毕业当了警察,王杨自己则学了个工商管理,毕业当家教,给高中生做辅导。

昨天联系的时候,王杨说让李伟松挑地方,李伟松就发了这家饭店的链接给他。李伟松说,刚入冬最适合吃筋头巴脑锅,还得有个火炕,上边嘴里吃着热乎的,下边屁股也不能挨冻。

于是王杨今天早早地就过来了。预订的包厢不大,一张刚刚能坐下两个人、放一个小炕桌的火炕,炕上有个布老虎枕头,威风凛凛地龇着牙,身上绣着火焰一样的花纹;炕下面是两平方米水泥地面,中间有个铁皮管子,连着鼓风机,用于把屋里的烟都吸出去;包厢门口挂着块花布帘,隔绝内外,却又不断被呼喝劝酒的声音穿透。王杨把事先买好的两瓶白酒在桌子上摆好,静静等着李伟松。中间老板娘还来了一次,问:"啥时候上菜?火炕的温度还可以吧?"王杨说:"上菜不着急,炕烧得有点太热了。"老板娘说:"可不咋的,俺们家的炕烧得就是热乎,属于特色,老弟要感觉太热的话就把窗户开开,换换新鲜空气。"王杨说:"行。"就爬进炕里,把窗户打开了。老板娘说:"那我把抽油烟机给你关上。"

李伟松比约定的时间迟到了将近四十分钟,一进屋就道歉,说不好意思加班晚了。他把外套挂好,麻利地脱鞋上炕,跟王杨抱怨着工作又多又杂，不知道什么时候才有个头。王杨这才发现自己一直没脱鞋，他索性直接从炕上跳下来，去找老板娘，告诉她筋头巴脑锅可以上了。老板娘说："别着急老弟，这会儿店里上人了，后厨忙不过来，一定尽快给你做。"王杨回到包厢的时候，李伟松正盘着腿抽烟，窗户已经关上了。

这顿饭吃到后半段，王杨才故作不经意地问起来："最近有没有什么大案子？"

"哪儿有啥大案子啊，兄弟！咱们这小地方，老百姓都比较朴实，基本上出不了啥事，有的真遇到点什么情况，也不报警，怕传出去丢人。"

"是，杀人放火什么的，跟咱们沾不上。小地方，有个失踪之类的，都得算不得了的大事了吧？"

"你一说我想起来了，最近还真有个失踪的，昨天刚报的案，说是个男的，岁数不大就得绝症了，前几天跟家里因为点小事吵了一架，一气之下，带着家里所有的贵重物品——房本、车本、银行卡，乱七八糟的，离家出走了。一开始家里也没咋当回事，后来看时间长不回来，再一翻，家里贵重物品也都没有了，就报案了。你说这人，确实是奸，得绝症了，出门都想着把值钱的玩意带上，啥意思啊？他不活了大家也别想好呗！"

"哎哟，那可真是，哎哟。

"他家里人报案，我估摸着也不是因为惦记他，就是想把房本、车本找回来，人为财死，下句话怎么说的兄弟？"

"鸟为食亡。"

"对喽，来，喝酒。"

把李伟松送上出租车之后，王杨一下子感到一阵眩晕。他跌跌撞撞地走到电线杆旁边，双手扶着，头低下去，开始不停地吐。他吐了很多，酸苦的气味从喉咙、鼻子、眼睛里一起涌出来，胃液包裹着一些还未消化的大块食物，混在满地的呕吐物里面。那些食物是如此地完整，王杨看见它们，甚至觉得刚才吃饭的时候，自己一定忘记了咀嚼，才会囫囵地把那些东西咽下去，让它们剧烈地灼烫自己的食道，只有这样，疼痛的感觉才能把紧张和痛苦淹没；那些食物是如此地完整，就算里面混杂着王杨的内脏，他也不会发现。

路人避让着靠在电线杆上的王杨，他已是个面目可憎的醉汉，当他又一次从具体而幽邃的罪恶之梦中惊醒时，他看到了学生家长给他发来的微信消息。

家长发了一条语音，用恳切又克制的语气告诉王杨，这次模考，自家孩子的成绩提升很大，王杨的工作很有成效，家长和学生都很满意，希望王杨能再多费些心思，好好教教，把提升孩子的成绩当成家长和老师共同的目标。语音后面，是一笔四千块钱的微信转账，备注上写着"上月补课费"。

迷迷糊糊中，王杨觉得有点奇怪。明明从发现焦尸那天开始，王杨就已经告诉过学生，自己有些私事要忙，这段时间先不补课了。为什么家长转来的课时费，还是完整的四千块钱？他搞不懂，最近奇怪的事情太多了。

给学生一对一补习文综，是王杨在备考时期的唯一收入——每周三堂课，政治历史地理，一千块钱，每个月结一次。这种级别的课时费，放在整个双鸭山也算最高水平。尽管王杨距离大学毕业，都已经过去了好几年，但能帮他养活自己的，依然还是优秀的高考成绩。

最开始王杨接到这项工作的时候，对课时费并没有什么要求，他花销很少，对生活条件也不挑剔，吃饭、租房算在一起，一个月下来也就两千出头。他当时提出的唯一条件，就是不上门提供辅导，补课场所必须是他家，他的理由是，如果让学生在自己家里上课，环境太舒服，没有学习的氛围。这只是个借口，实际原因是，王杨去学生家里的时候，看到那些漂亮的家具和装修，看到书架上摆满的书和墙上贴满的照片，他的心里会不可抑制地产生绞痛。家长对他的要求没什么异议，还对他的教育理念表达了认可，从那之后，王杨就过上了平时备考，每周一、三、五晚上给学生补习文综的生活。

王杨对补课的事很上心，他在必要的课程之外，还会在网上搜索与科目相关的趣事，在补习的时候，装作不经意地讲给学生听。

那是个姓马的高三男生，王杨为了和他拉近关系，就叫他小马。尽管还有半年就要高考了，但小马完全看不出来紧张的感觉，他总是枕着自己的左胳膊，右手攥着中性笔，慢条斯理地把王杨的笔记抄在自己的本子上。只有王杨说的趣事引起了他的兴趣，他才会兴奋地坐直，用很快的语速回应几句，然后再悠闲地靠回椅背上。

小马有时候会问："王老师啥时候开始处的对象？"王杨就给他讲一个自己早就精心编造好的恋爱故事：大学校园里的某个晚上，他保护过一个被人尾随的漂亮女孩，那个女孩为了表示感谢请他吃饭，两个人越聊越多，最后谈了恋爱，在度过几年的美好时光之后，因为毕业去向不同而分手。小马也给王杨讲自己现在的女朋友，他说他们两个人约好，等高考结束，就一起去欧洲旅行，但小马没有真的想和她去，他想自己去欧洲，邂逅一些漂亮的白人女孩。小马说完，把烟头扔进一个剩半瓶水的矿泉水瓶里，烟头散出颗粒，慢慢融化，把瓶里的水染成了棕色。

小马有的时候还会问："王老师抽烟吗？"王杨说："不抽，你要抽的话得把窗户打开。"小马抽烟抽得并不算多，一次补习两个小时，小马也就抽两三根。补习结束的时候，小马会把打火机和烟留在王杨家里，告诉王杨，下次来的时候再抽。他还嘱咐王杨，千万不要把自己抽烟的事告诉他家长。小马会说："王老师，咱们是哥们儿对吧？哥们儿之间，保守秘密。"王杨会微笑着告诉他："我这儿你可以放心，你自己别露馅了就好。"

王杨真的不抽烟，但他有一次好奇，尝过小马的烟。他狠狠地嘬了一大口，却不知道接下来要如何是好，只能把那口烟含在口腔里。他扭头看了看镜子，一点点烟雾从鼻孔里飘出来，像是保守不住的秘密，慢慢泄露出了痕迹。憋了很久，他才张开嘴，大量的烟扩散在空气中，王杨和镜子里的自己都被笼罩了起来。

那根烟王杨只抽了一口，就掐灭了剩下的多半根。因为担心小马看出烟的数目不对,他拿着烟盒,去烟酒店买了包一模一样的,很贵的烟,一包就要将近一百块。他把自己买的那包打开,小心翼翼地拿出一根,放回到小马的烟盒里。他原本打算把剩下的扔掉,但最终还是放进了自己床头的柜子。

带着满身的呕吐物回到家里后,王杨把那包烟翻了出来,一根接一根地点着,一口接一口地嘬,直到满屋子都是烟气,直到烟的味道让他觉得有些发呛,尼古丁和酒精在他的体内激烈碰撞,使王杨感到强烈的恶心,他无端地想起来小学时,趴在他耳边说话的女同桌。

余桐。

从王杨到城里读书开始,余桐就总是能在他周围出现。小学是同桌,初中同个学校不同班级,到了高中,两人不约而同地选了文科,又都考进了重点班。

到重点班报到那天,王杨的心情很不平静。他幻想着,在自家的村子边,某座矮矮的山头上,那一方不起眼的坟墓,肯定已经开始散发出青色的烟雾,尽管现在不多,但应该很快就会浓重起来,让村里的、城里的所有人都能看见。

就是在那时候,余桐在他的眼前挥了挥手。

"王杨!太好了,老同桌,你也考进重点了。"

"哎?余桐,你也在啊。"

"对对,小学我就觉得你是学霸,下课别的同学出去跑,就你在班里闷头学。"

"我不是学霸,去年开学我不是重点班,学文之后才考进来的。"

"知道。我一开学就进重点了,班里有没有你我还能不知道吗?嗐,我跟你情况差不多,别看在重点班待了半年,成绩也就那样,理科重点班不一定进得去,就干脆学个文。"

"哦。"

"这怎么越来越内向了。算了,回头一块约吃饭。"

余桐说完,就跑去找自己以前重点班的同学了,之后一直到毕业,王杨都没有和余桐一起吃过饭。

大二那年,王杨约余桐见了回面。

两人先是爬山,然后打羽毛球,又在山顶上朝着远处喊,最后到山脚一人吃了一碗馄饨。

王杨在自己的馄饨里加了不少芥末,吃得鼻涕一把泪一把,他装着没事似的,跟余桐说话。

"你记得高一有一回你说要请我吃饭吗?"

"我说了吗?没有吧,就算我说了,一会儿馄饨我请。"

"那不用,你忘了就算了。那你记不记得,小学时你说雾霾是我们农村人放火放的?"

"还有这事呢?哈哈哈,我不记得了,我那时候那么不会聊天啊。"

他们顺着话头,聊了很多小时候的事,严肃苛刻的班主任,早早混社会后来不知去向的同学,儿时流行过的动画片。到最后,王杨从自己的背包里,拿出一张画着皮卡丘的作业纸,上面写着"永远是好朋友",署名是余桐。

"你还留着呢?"

"留着啊,我那时候内向,咱们班就只有你给我写了一张,我得留作纪念。"

"我好像还有点印象,拍毕业照那天是吧?全班都闹疯了,我看你一个人在窗户边上愣神,就给你画了个皮卡丘,我看看——啧啧,我小时候画画怎么这样啊。"

"永远是好朋友。"

"永远是好朋友!"

王杨端坐着,尽管那沙发软软的,人坐上去,就难免涌起摊在上面的欲望,可王杨还是绷直了背,他笔直着身体,比其他客人都高出了一截。

上大学那几年,同学有时候会约着去酒吧玩,王杨从来不跟着,他本来就不爱喝酒,也没钱花在这些事上面。第一次进酒吧的门,还是毕业之后,余桐考上了市委的公务员,请老同学吃饭,王杨才跟着一起玩了半宿。那天晚上,余桐教会了他一大堆酒桌游戏,摇色子、划拳、真心话大冒险,在其中一个玩法里,他还抓了几次余桐的手,从那开始,王杨就经常约余桐在酒吧里见面。

见李伟松的那天晚上,王杨就很想见余桐,本来他盘算着第二天就跟余桐联系,约她出来。可一觉醒来,发现自己脏得像一只垂死的苍蝇,散发着呕吐物的臭味,他只能先把自己收拾干净,推迟一天再约余桐见面。

今天王杨完全准备好了,他穿着一身大学毕业那年为了找工作买的名牌衣服,里面是一件很薄的米黄色高领毛衣,把脖子上的烫伤疤遮得严严实实。他和见李伟松那天一样,早早地到了,酒吧里没有火炕,但有弹吉他的歌手,酒客们的脸上和周围,看起来都氤氲着一层水汽,有几桌客人点了水烟,他们把一种未知的液体吸进身体里,品味过里面甜甜的味道,再优雅地吐出去。在酒吧里,甚至连烟雾都带着奇妙的湿乎乎的气息。

余桐没有迟到,每次她到来都像是一朵云。王杨看着她漆黑的高筒皮靴,紧紧瘦瘦的牛仔裤,干净的白色羽绒服,柔顺的披肩长发和漂亮的脸,他贪婪地看着,想让这幅画面占据自己的脑海,把那具焦尸狠狠挤出去,只留下余桐的位置。

余桐没有抱怨工作,她只是问王杨想喝什么酒,然后给自己点了一杯自由古巴。她把菜单扔回桌子上,脱掉羽绒服,露出浅蓝色的圆领毛衫,抱着手提包,平滑地斜靠进沙发里。沙发就像是一只温柔的熊,礼貌而知趣地迅速抱住了余桐。余桐眯着眼,问王杨为什么坐得这么直。她说话的时候双手搭在一起,手指修长,指甲晶莹,脸上带着懒懒的微笑。看着那双手和那张脸,王杨在想:自己的高领毛衣会不会已经起球了?

事到如今,王杨好像必须得承认,自己是喜欢余桐的了,在她面前,好像那些频繁占据他思想的念头,都已经因羞愧而藏了起来,他只能想着余桐。

于是王杨往前探了探身子,对余桐说:"余桐,我这次考公,要是……"

他鼓起勇气的发言被打断了,门口传来热闹的声音,几个少男少女嬉笑着走进来,为首的搂着女孩纤细腰肢的,正是王杨的学生小马。

小马看起来总是那么意气风发,他仰着头,手指向半空戳来戳去,就像是指挥身后的那些人,向一个脆弱的堡垒发起冲锋。他的眼神里洋溢着胜利,所有的堡垒都已经是现成的战利品,他只负责观赏胜利的过程。

一个男生说:"马哥,今天车开得过瘾吗?"

小马说:"兄弟,我一脚油门下去,就是纯纯的速度与激情,你,够意思。"

他们在聊的事情,王杨早就知道。有次补课间隙,休息的时候,王杨问到小马平时有什么爱好,小马说,他经常和几个朋友去郊区已经废弃的老锅炉厂里开车,还问王杨要不要一起。王杨先问了问他们一般活动的时间,然后说自己最近太忙了,等有时间再参加。到了某次小马去开车时,王杨也偷偷地跟了去,他躲在远处的苞米地里,看着小马开着一辆越野车,从他面前不远处的路上开过,几分钟一次,带起一大片扬沙尘土,盖在了王杨的头上。

小马也看见了他,打着招呼,领着一行人向王杨走来。

"王老师!你也在这儿喝酒啊?"

"和我一个朋友聊会儿天。"

"这是嫂子?"

"不是，就是朋友。"余桐替王杨回答。

"咱们一块玩会儿呗，我总跟我这几个哥们儿说你。这是王老师，给我补习那个，巨牛。"

"王老师。"少男少女们嬉皮笑脸地喊着。

王杨没同意，也没来得及拒绝，小马已经坐在了余桐旁边，两个女孩之间。另外几个人，都和王杨挤在了同一张沙发上，他们坐下之后，就歪七扭八地靠进了沙发背，把王杨挤得更往前了，王杨只能把腿往中间收了收。

小马点了很多小杯的shot（烈酒），还有一条一米多长的木板，那些跟班欢呼起哄，叫唤着"咱们给马哥喝个同归于尽"，王杨不知道"同归于尽"的意思，他看着一个小弟，拿起了四杯shot，摆进木板上面的四个凹槽里，然后对王杨说："王老师，一块呗？"现在王杨有点明白了，他们几个人得一起捧着这条木板，同时把shot一饮而尽，这就叫同归于尽。

王杨笑着，跟小马说："没大没小，下不为例。"

等他和另外三个人一起，把那一小杯酒喝下去的时候，正好看见对面的余桐和小马在碰杯，他们俩的眼神都没放在"同归于尽"上面，只有那个被冷落了的女孩在鼓掌。

喝了没一会儿，王杨就提过想走，可小马和余桐都说再玩会儿，他就只能听话。有人问，要不要点两壶水烟，小马拒绝了，说那玩意没劲，他从外套兜里掏出自己的烟，给跟班们每人都派了一根，跟班们连连道谢，只有王杨说不抽。小马最后才问到余桐，当看着小马把烟递到余桐眼前的时候，王杨又有了那种在小马家才会出现的,内心绞痛的感觉。

王杨说:"余桐,我记得你不抽烟吧?"

余桐笑了笑,说:"对,我不抽。"

小马把那根烟放进自己嘴里,他怀里的女孩赶紧拿出火机,给小马点着,小马深深地吸了一口。

王杨刚刚要松下这一口气了,可小马用拇指、食指和中指夹着那根烟,从自己的嘴边拿开,递到余桐的面前,烟嘴几乎已经碰到了余桐的嘴唇。他斜着眼睛,对余桐说:"尝尝,好抽。"

余桐接了过去。

酒局在午夜时分终于结束了,他们出了门,小马拍着王杨的肩膀说:"咱们是好哥们儿,下次出来玩还叫你。"然后又向着余桐抬了抬头,把手指凑到嘴边,比了一下,做了个类似抽烟的动作。小马和他的朋友们,终于开着车离开了。

余桐有些醉醉的,她倚着王杨的肩膀说:"好朋友,咱们下次找机会再出来吧。"

王杨说:"我想跟你说,我这次一定能考上公务员。"

王杨看到那只手时的第一反应,还是想到了自己的考试。他早就研究过报考公务员的种种限制,起因是他担心自己胸前的大面积疤痕太不雅观,会耽误了面试。后来在网上查到,说不影响。他还不放心,又追着李伟松问了好几次,最后李伟松说:"你放心吧,公务员考试是选人民公仆,又不是选美。"他才作罢。在那之后,王杨又把考公务员的所有可能的限制条件,都认真研究了一遍，他清楚记得里面有一条，是父母有过刑事犯罪记录的，子女没有考公资格。

过失杀人，得算刑事犯罪吧？应该得算。

心里这样想着，王杨把目光投到了父亲身上。此刻的父亲，正用双臂虚拢着那只烧焦的手，好像这样就能掩人耳目。他扭着身子，脚也不停地换着位置，似乎想挡住所有方向可能会投来的窥伺目光。在确定王杨已经看清了那只手后，他又急匆匆地把秸秆塞了回去，把那具焦黑肉体盖得严严实实，然后一屁股坐到地上，侧过身子，朝着家里房屋的方向看去，一直没看过站在身边的儿子一眼。

父亲的视线里，映不出王杨的眼睛，已经很久了，仔细回忆的话，是从捡到鹰那年开始的。

捡鹰是王杨小学时候的事了，那几年，村里人的生活都宽裕了不少，茅草房一茬接一茬地拆掉，砖瓦房一座又一座地盖起来。王杨家属于盖砖房比较早的，那年的父亲真说得上春风得意，父亲怎么也想不到，头一年随手种的几亩葱姜蒜，会卖出比平时高几倍的价格。父亲每天早上转动三轮货车的摇杆，就像是发动一架印钱的机器，随着轰隆隆的黑烟冒出来，他朝着太阳悠悠而去。家里的葱姜蒜少了一点，家里的钱就多出来一些。那年的春节他们家过得很富裕，在王杨的记忆里，留下了吃不完的糖、鸡鸭鱼肉和稀奇的以前从来没见过的水果。父亲那时候还很疼他，任凭他拿着火龙果、山竹和小芭蕉向其他孩子炫耀，孩子们簇拥在王杨的周围，朴素地表达着对热带水果的渴望。王杨后来回忆起第一次剥开山竹的时候,他看到里面的一瓣瓣白色,还以为这是某种奇异的蒜。长大后他有了些奇怪的想法——父亲卖蒜换来的钱,只是用来购买一种更坚硬的蒜,农作物和人在这样微观的视角下,就已经形成了某种循环。

所有水果带来的其他孩子的羡慕,都比不上王杨父亲肩膀上的那只鹰。那是正月十五,父亲带着王杨去后院放炮。炮这东西,有光有响,最适合用于炫耀。父亲那年春节买的炮,堆满了整个仓房,王杨每天自己放,连带着给其他孩子分,这么造了一个多月,还剩下不少。正月十五照理来说,是一年里最亮的日子,全村每户人家,把能开的灯都打开,火也烧得旺旺的。父亲在自家后院正中央,摆了一块轮胎那么大的烟花筒子,他让王杨躲远些,又再三嘱咐,一定要王杨张大嘴,以免被炮响震破了耳膜。都确认好,父亲才用半根玉溪烟,慢腾腾点着了炮捻子。一开始放的那几响给王杨乐坏了,以前放的"蹿天猴"也好,"魔术弹"也罢,不是时间太短,就是光亮太小,哪儿比得上烟花一飞老高,在天上炸开那么带劲。可看得久了,王杨就不禁有点腻烦,毕竟几十响的烟花,放出来都是一个样子,小孩子没常性,哪儿能待得住?跟父亲提了两次想回屋看晚会,却被父亲呵斥,说:"着什么急,全村看咱家放这玩意,都羡慕咱们爷俩,你给我看完了再回去。"王杨的目光,就渐渐从天空中移开了,他看向远方的群山,看向已经满是白雪的大地,那几棵杨树也看起来白白的,树干上零星的树疤,就像是被烟花灼伤后留下的印记。王杨看来看去,没风的正月十五晚上,除了不时响一声的烟花,所有的事物都显得静谧——除了最外面的那棵杨树,它的脚下,好像有东西在动。

那只鹰就是这样被发现的,王杨拽着父亲的手,一起跑到树下,鹰梗着脖子,用充满饥饿的眼神凝视着一大一小两个相似的人。父亲笑了一声,说:"是只鹰啊,膀子肯定折了,要不然落不到这儿来。"王杨说:"咱家能养吗?"父亲说:"你要养这个?这个可费钱。"王杨说:"那我不吃黑壳蒜了,能养吗?"父亲说:"黑壳蒜个屁,山竹,山竹。"

在今天的大地上,王杨忽然发现,父亲的脸有点像一颗山竹了。他还是没动,就坐在那儿,瞪着眼朝家里的方向看,没话对儿子说,也没有事情着急去做,默默守着一座由秸秆盖成的高高的坟,只有冻得不行的时候,才盘腿把身子弓起来,用嘴里的哈气暖手,哈几下,就放回羽绒服兜里。王杨在想,这可能是他们父子之间,久违的一次默契。他们在一起熬,熬到天黑,才好把一具尸体不动声色地带回家里去。

带一具尸体回家,和带一只鹰回家的感觉是完全不一样的。那天父亲一走进家门,就高声嚷着:"看我们带了什么回来。"母亲——那个在王杨生命中匆匆消失的平凡女人——当时正在灶台旁边包着饺子。她的手很巧,又勤快,可以把饺子包出漂亮的花边,也能一个人迅速包出三口人两天的量。她瞥了一眼,就看到了那只扁毛畜生,她吓了一跳,说:"哎哟,你们怎么捡了个这玩意回来,怪吓人的,快扔到外头去。"父亲高声地笑起来,说:"这是你儿子要养的,我可没招,不敢扔。"母亲好像又想说什么，可看到父子俩兴奋的神色，就什么都没说出口。

那只鹰和母亲不对付，最开始，它和所有人都不对付。父亲给它腾了个鸡笼子，就先那么养着，想给它固定骨折的伤处，它不干，甩着没断的半拉膀子把人赶开。喂它肉吃，可不能靠得太近，近了就啄，得远远扔到它爪子边，还不能站在它旁边看。它保持着不屑于施舍的姿态，就算吃了，也不能当着人的面，它得骄傲一会儿，警惕一会儿，才找个空当猛地叼起来，咽下去，肚子好像饱了，眼睛还是那么饿。对这只傲慢的动物，王杨好奇，母亲害怕，父亲有点不服气。某一天父亲终于下定决心，说自己在电视上看过，想养鹰，就得熬。父亲是认真的，他在偏房里扯了根粗麻绳，把鹰放在上面，又在鹰的脚上拴了根毛线，线的另一头，在父亲的左腕上绕了几圈，攥在手里，右手则持着根一米多长、手臂粗细的大擀面杖。母亲问："你这是啥意思？"父亲说："它要是敢跟我嘚瑟，先给它薅个跟头，再照脑袋给一棒子。"

这一熬就是四天，鹰不吃不喝，父亲连烟带酒，玉溪干进去一整条，啤酒瓶子扔了一地，可一人一鹰确实谁都没睡觉。谁也不知道他们俩到底是怎么过来的，王杨只记得母亲偶尔去送饭的时候，可以看到浓浓的烟从偏房里冒出来，那几天的偏房，已经被玉溪熏成了一个蒸笼。一直到第五天，父亲拍着偏房的门，说："成了成了，快点扶我出去吧。"母亲和王杨赶紧把门打开，刺鼻的烟味扑面而来，呛得两人连连咳嗽。透过这烟，王杨看见一只站在男人肩膀上的鹰和一个坐在矮小马扎上的男人，那男人背对着阳光，在烟里身影模糊，像是一尊佛。

从那之后，那鹰就好像是长在了父亲的身上，除了睡觉，从来不见他把鹰放下，那是父亲专属的符号，是他的战利品，连王杨都碰不得。他扛着那只鹰，在村里招摇地走来走去，村里不同的人对这只鹰的态度大相径庭。孩子们总追着父亲，在他的周围跳来跳去，问："叔叔，能让我也驮一会儿吗？"父亲就说："去去去，这可危险，给你们挠坏了，我不好跟你们爸妈交代。"一些年富力强的男人，会问父亲是怎么弄的。父亲就说："告诉了你们，你们也不会整，这玩意不是一般人能收拾得了的，知道不？"男人们就大声哄笑，说他还端起来了。女人们则是有的像母亲一样，带着害怕的神情远远躲开，有的则是跟父亲问前问后，问鹰平时都吃些什么，问它能不能把小羊羔抓起来，问它现在还会飞吗，这样的女人不多，只有一个。那女人的名字王杨已经忘了，但他还记得那女人看着鹰和父亲时的眼神，就像是看着一片无垠的麦地，那片麦地里的作物都低着头，她饱含真诚地巡视着，不知道哪株麦穗才是她的答案。

到了黄昏，王杨才感到有些饿，早早起床坐车，中午开始就在地里熬着，他一天都没有吃东西。看着那堆秸秆，他竟忽然有点好奇那尸体的味道。刚想到这儿，他就觉得自己无比恶心，这让他又想起了被罪恶所惊醒的那个夜晚。今天对他们爷俩来说，应该是幸运的一天，整整一下午，都没人经过他们的身边，问他们为什么要在大地里待着，并且好奇秸秆下面藏着什么秘密。王杨感激此刻村庄的宁静，他害怕热闹，热闹的村庄让他太难忘了。

大概是清明过后，村里的人们就又开始忙起来，买苗，插秧，翻土，播种，曾经铺天盖地的冰雪世界正迅速变得脆弱，生命通过融化的方式孕育。父亲在那段日子里是最忙的，除必要的农活之外，炫耀那只鹰占用了他生活的大量时间。那天晚上，父亲又不见人影了，母亲带着王杨去亲戚家打麻将，王杨坐在亲戚家的炕上百无聊赖，就翻开人家的经书看，后来他有些困了，可母亲手气正冲，便赶王杨自己回家。

王杨带着那本书回了家。其实那不是一本纯粹的佛经，而是一本摘自佛经的故事集，里面写着放下屠刀立地成佛，写着轮回转世因果报应，写着人各有命善恶有报。王杨在那些奇幻的世界中忘乎所以，他开始思考身边的人寄身此处的缘由，幻想那只鹰的前世，幻想父母亲与自己的来生。他感到担忧，只好为自己杀死的虫子们暗暗忏悔，他感慨于佛的神通，佛的宽容，佛的智慧，佛的拯救，他为自己人类的身份感到迷茫。他想得那么多，小小的头脑和身体越来越疲惫，在往灶台里随手填了几把秸秆后，就回到炕上，睡着了。

王杨做了一个梦，梦到自己坐在一朵莲花上。他对屁股下面的莲花无比好奇，摸摸这儿，摸摸那儿，那莲花和故事集封面上的不太一样，不是宝光四射的那种，是纯白的，白得很单薄，像是一种普通又漂亮的纸，看起来很脆弱，但无论他用多大的力气都扯不坏。不久，来了些黑色的人，他们都很强壮，手里抱着一根根木头，放在莲花旁边就走开。王杨问："你们是谁呀？你们要干吗呀？"没有得到回答，黑色的人们把木头越垒越高，王杨被围在中间，什么都看不见，他急得想哭，可又爬不出去。忽然一个人从木头堆上探出头来，是父亲。父亲不知道为什么，也穿着黑色的衣服，戴着黑色的帽子，头顶上还有两根不伦不类的羽毛。王杨说："爸，快带我出去。"父亲笑了笑，向木头堆成的堡垒里面扔进去一根燃烧着的火柴，点燃了莲花。

再醒来时，王杨已经在医院了。从照顾他的亲戚嘴里，王杨慢慢拼凑出了那天晚上的完整经过。在他们家的房子被点着后，邻居们除灭火和救王杨出来之外，就是想着赶紧找他的父母。母亲很快就放下了手里的麻将，赶回了家，可与此同时的父亲，正在村子的另一户人家里，上演着一出完全不同的戏码。他被女人的丈夫追打着，女人蹲在角落里，惊天动地般哭号，鹰想保护它的主人，却很快被女人丈夫的亲属用镰刀砍成了肉泥。后来父亲被按在地上，脸上沾满了那只鹰的血肉，女人的丈夫看着已经被砍碎了的鹰，从残骸里捡起一块连着骨头的碎肉，说："你吃了吧，吃了就放你走。"后来父亲终于回了家，他和母亲在废墟前面面相觑，然后大打出手，据亲戚们说，全村都能听见母亲的惨叫，比那跟父亲通奸的女人的叫声还要凄凉。

因为烧伤，王杨在城里整整养了两个月。等他被城里的亲戚送回家的时候，以前的茅草房已经变成了新盖的瓦房，家具和电器也买了新的，父亲脸上带着笑容迎接了回家的儿子，可却始终躲避着儿子的眼睛。

王杨问："我妈呢？"

父亲说:"你妈跑了,不要咱们爷俩了,你好好学习,让她后悔现在不要咱们,明白了吗?"

直到太阳完全沉没之后,王杨和父亲才带着那具焦尸回了家,他们把它处理好之后,就又无声地坐回到了地上。王杨想,家里已经很久没有过三个人了,只可惜这第三个人不会呼吸,也不会说话。

王杨缩在被窝里,木然地看着微信里的聊天记录,今天是周末,几乎所有的群聊都很热闹。尽管把所有的对话都设成了免打扰,可一个个红点还是不可阻挡地弹出来。王杨看着它们,用露在被子外面的一点点手指,不断按住屏幕,删掉那些红点代表的聊天框,然后盯着屏幕,直到它们重新弹出来,再删掉。如此往复,无比机械,他已经持续了不知道多少个小时。

时间已经过了午夜,王杨觉得自己该睡觉了,自从看到那只手以后,他已经太久没有过不借助酒精的完整睡眠。疲惫和无数种情绪杂糅在一起,顺着血管循环全身,煎熬着他的大脑,他的四肢,他的五脏六腑,最后化成沉重的胸闷,压在心口。

和他焦灼的内在相比,他的皮肤则显得太冷。房间里的温度很低,最近几年,双鸭山的集中供暖一直不好,他租的屋子又空旷,窗子漏风,房东也没有给他装过空调,王杨提过两次,房东以"东北的夏天多凉快啊"为由拒绝,他也就不再提。后来还是接了给小马补习的工作之后,手头宽裕了些,才自费装了台空调,平时也不开,只在小马来的时候开两个小时,小马走了就关上。

　　一直到了凌晨三点钟，喧嚣了一整天的群聊，才终于逐渐安静了下来，王杨已经接近半个小时没有等到新的红点出现了，这也就意味着，他最后一件能做的事情也终于消失，他不知道该轻松还是该懊恼。王杨把手机放在枕边，平躺着把全身缩进了被窝，冰凉的手指接触到皮肤，把他本就没酝酿多少的睡意也完全驱散了。他强迫自己闭上眼睛，眼皮一跳一跳的，双腿紧绷着，双手为了不碰到自己，向两边打开，整个人有点像一个"个"字。他这样想到了，就把两条胳膊贴在腰上，绷直的双腿向左右打开，变成了一个"人"字；然后他又把腿合上，变成了一个阿拉伯数字，也是个竖着的"一"。个，人，一；人，个，一；人，一，个；一，个，人。

　　王杨坚持了一整晚的防御，终于还是在此刻崩溃，他还是想起了一个人，一个先是被他的父亲烧焦了，又被他剁成了无数块的人；一个先是被他们父子埋在了自家后院，又被他偷偷挖了出来，带到了城里的人。

　　王杨又去了小马他们经常开车的老锅炉厂，就是今天下午的事。

　　实际上天蒙蒙亮的时候，他就提着个巨大的拉杆箱出门了。为了不引起怀疑，他先是坐公交车到火车站，在那附近转悠了一段时间之后，才叫了一辆出租车，假装成刚从外地回来的样子，打车到离废弃工厂最近的小区，然后再拖着箱子过去。

双鸭山的出租车司机大多很健谈,这个剃着寸头的中年男人,时不时地从后视镜里观察着王杨,大概是想从他的大口罩后面看出点什么话题,来给乏味的工作里增添一些乐趣。见王杨始终看着窗外,他问:"哥们儿,你这是刚从外地回老家啊?"这是个很合理的切入点。

王杨说:"对,在外头工作。"

司机说:"哥们儿你这工作真行,这才几月份啊,你都放假啦?一般来说外地上班的,据我观察,都是得到年前的时候,才大批量地回来,然后也待不了几天,就又得着急忙慌地往火车站跑了,哎呀,回北京,回上海,这家伙,感觉一个个忙得都跟陀螺似的,其实要我说,一天紧忙活的那都不算能人,还是像哥们儿你这样的行,哎,提前俩月放假了,舒舒服服搁家过个年,多得劲。"

司机说着说着,脸上露出松弛的神色,似乎是对自己的发言很得意,他给自己点了一根烟,舒服地吸了一口。而王杨那攥得发青的拳头,在后视镜里是完全看不到的。

那天外面正刮着大风,可天气却很晴,风带着未被踩实的残碎雪点,摩擦在出租车的车窗上。那玻璃很凉,如果未加准备地忽然接触到,会被它刺骨的冰冷质感吓上一跳。王杨的眼睛看向外面,额角在车窗上轻点着,觉得如果接触的时间太短,人根本就无法分清寒冷和灼烫的感觉。司机已经无聊地打开了收音机,里面传出各类广告的声音,喜气洋洋,惹人厌烦。听说在今年夏天的时候,双鸭山评书与音乐广播正式停播了。王杨看着一路上又新又空的无数排楼房，觉得世界已经被陌生和庸俗填满。

  双鸭山的市区不大，半个小时的车程几乎能到达任何一个角落，王杨从后备厢里拿箱子的时候，司机不耐烦地按了几下喇叭，好像是在抱怨王杨的磨蹭。在那个瞬间，王杨涌起过把箱子扔在车上，自己转头跑掉的冲动。可他并不艰难地便将这股冲动忍住，他还完全没有做好准备，如此猝然地和自己规划里的美好未来彻底挥别。

  下车的地方不远处，有几个孩子正在玩扮英雄打仗的游戏，他们每个人手里都拿着塑料刀剑，在演绎自己脑海中以为的战争。这种游戏赐给王杨一点不多的熟悉感，让他稍稍得到了些许放松。王杨拖着箱子在光滑的地面上走着，两旁的积雪反光，照得他几乎睁不开眼睛。走出不远，脚下打滑，他重重摔了一跤。

  王杨躺在地面上，闭着眼睛，盼望身下的硬雪地能变成一条传送带，把他送到老锅炉厂去，如果那厂能忽然地工作起来，把他和这箱子一并倒进铁水里熔掉，就更好了。虽然他没能准备好逃走并且继续生存，但如果是安静而平缓地死去，王杨已盼望多年。

  手机响了，是小马的。

  小马在电话里问："王老师，在哪儿呢？还有多长时间到？"

  王杨说："临时有点事，稍微晚一点过去，你们先玩着。"

  电话挂断了，王杨支撑身子坐起来，双手摸了摸膝盖，从嘴里吐出的白色的哈气，就像是烟雾一样在阳光中快速地散开，他盯着看，然后一次又一次失去焦点。远处空中飘来尖锐的响声，像是皮绳抽打陀螺的声音,也像是鞭炮被点燃炸开的声音,又像是枪声。

一个多月前,王杨在补习的间隙,和小马聊到了枪。

男生都喜欢枪。早些年的时候,这方面查得还不严,那种和真枪差不多大小的,能打出黄豆粒般塑料子弹的仿真枪,几乎每个男孩都有一把。当年王杨他爸爸给他买的那把,是整个村子小孩手里最气派的,有玩过《反恐精英》的玩伴说,这枪叫M4A1,是游戏里面警察阵营专用的,威力强,射速快,还能装消音器。王杨这把也能装消音器,可惜不消音,射速也不快,打一发就要重新拉一次枪栓,但威力确实够强,作业本一枪能打穿,易拉罐一枪一个洞。王杨的爸爸买回来的时候,还特意叮嘱王杨千万别对着人的眼睛打,一枪就能打瞎。当年王杨就是用这把枪,让其他孩子结结实实地羡慕了几天,现在它被放在王杨的书桌边上,立着,枪口朝天,离小马只有一米远。

那不是王杨唯一的布置,书架上摆的枪支模型,桌角扔着的以枪为封面的军事杂志,墙上钉着的塑料靶子,还有他脖子上戴的,用废子弹头做成的项链挂坠,为了安排这些元素,王杨用足了心思,反复检查,然后重新摆放,却还是一直觉得不妥。王杨充满焦虑地搓着那枚子弹头,把它摸得油亮亮的。

没让王杨失望,小马注意到了。

小马说:"王老师,你最近这是忽然对枪感兴趣啦?"

王杨说:"什么叫最近,我可是老枪迷了,就是前段时间准备考试，没时间玩，最近感觉复习得差不多了，赶紧再捡起来，过两把瘾。"

小马说："牛啊王老师，M4A1，美国反恐部队的标配。"

王杨说："假枪，打塑料子弹的，没意思，不够劲。"

小马说："王老师你说话这么野啊？这枪都嫌不够劲，现在有这个就不错了，哪儿有真枪啊。"

王杨没说话，目光从小马身上挪到仿真枪上，又摸了摸胸口的子弹头。

小马说："上次咱们喝酒，你见过的我那几个小老弟，其中一个，他爸是警察，我撺掇好几回了，让他把他爸的枪偷出来，我们玩玩，他死活不干，怕他爸知道了打死他，真他妈尿。"

王杨说："真枪威力太大了，打身上一枪就是一个血窟窿，对你们来说，太危险。"

小马说："王老师，你玩过真的？"

王杨似笑非笑，用手指点了点小马面前的笔记本，说："你胡思乱想什么呢，好好把今天的课上了，下回告诉你。"

下一次补课的时候，王杨并没有按照约定，告诉小马他有没有玩过真枪。即便他自己心知肚明，父亲那把多年未用的土猎枪，此刻就在自己衣柜的角落里放着；即便小马问了好几次，一脸心痒难耐的样子反复提及，他也始终没吐出口来——但他也不阻止，他只是打着马虎眼，说："别瞎打听，先把上回错的题弄明白了。"

终于，在小马说出"咱们是不是哥们儿？我保证保密"之后，王杨才悠悠地叹出一口气，扭扭脖子，搓着那枚子弹头，说："我说那玩意危险，真没骗你，但咱们确实是好哥们儿，你想玩枪，我也不能总藏着掖着。"

"真能保密？"王杨说。

"我保证保密。"小马说。

"万一出了啥事，你可得帮我兜着啊，抽烟的事，我都帮你兜着了。"王杨说。

"放心吧王老师，不管啥事，我给你兜得明明白白的。"小马说。

于是王杨和小马约好，小马负责找个周边没人的地方当靶场，而王杨则负责把枪带到地方，让小马开几枪过过瘾。王杨还反复强调，让小马小心谨慎，只能自己一个人去，不能带着他那些小兄弟，以免走漏了消息，小马也都应承下来。

那次补课结束后，小马收拾完书、本子和笔，正准备走，王杨忽然问小马，喜不喜欢自己的子弹头挂坠，如果喜欢的话，可以送给他。小马向王杨胸前看了一眼，那枚子弹头被搓得那么亮，小马脸上的表情变得有些微妙，戏谑的神色一闪而过。

"算了吧，王老师，君子不夺人所好，是吧，呵呵，我走啦。"

关门声响起，王杨紧绷的肌肉和大脑慢慢舒缓下来，他把手放在胸口，感受着子弹头散发出的，有些油腻的温热，心中的计划变得更加坚决。坐了几分钟，王杨用力地眨眨眼，把胸中积压的郁闷都吐了出来，走到客厅，拿起遥控器，把家里的空调关上。

王杨觉得有些冷了,他从地上站起来,拍拍屁股,提着箱子,继续往老锅炉厂的方向走。

早在跟小马约定,让他找地方做靶场的时候,王杨就知道,小马一定会选在那里。地方偏,周围没人,小马他们又常在那里活动,对环境都熟悉。包括第一次打枪,小马嬉皮笑脸地让王杨别介意他带了几个兄弟时,王杨也都不意外,只不过他还是要装作生气,跟小马拉扯几回,又让那几个小混混坚决保证,不再让更多人知道这事,王杨才作罢,把猎枪和钢珠子弹从包里掏出来。这些该做足的戏码,王杨连一丁点都不敢落下。

大概是第四次,小马跟王杨提出了,枪能不能放在他这儿,让他再好好研究研究。当时王杨问小马,说:"你连一包烟都怕家里发现,一把枪你能藏住?"小马当即搂过来一个小弟,说:"这小子家里管得松,我放在他那儿,放学再过去玩。"王杨说:"还是不好,你们这岁数血气方刚的,万一拿它打仗,到时候连累我一块蹲笆篱子。"小马当即又表示,有再一再二,没有再三再四,这次他保证不给王老师惹出一点麻烦。王杨稍稍犹豫,还是答应了小马。

所以上周,枪放在了小马朋友家里。

今天,是王杨和小马他们第五次来老锅炉厂玩枪。

王杨得让小马带枪过来,自己才好偷偷地绕过去,把箱子里的东西布置好,再耐心地等待,直到某一发子弹射出之后,把噩梦和老锅炉厂一起点燃。

老锅炉厂的厂区里，现在已经被白白的积雪铺满了，中间的位置，被小马他们腾出了一块空地，放着铁桶、空酒瓶和打印出来贴在酒瓶上的纸，据说是小马学校教导主任的黑白照片，那是他们每次射击用的靶子。王杨当然不能从正门进去，会被注意到，可也不能简单地沿着工厂外墙走过去，积雪上面会留下脚印，成为他未能烧尽的噩梦尾巴。王杨提前过来观察过，老锅炉厂的边上就是安邦河，现在河面上的冰冻得结实，他可以踩在上面走过去。安邦河与老锅炉厂之间，有一小段斜坡，上面长满了干枯的杂草，被积雪牢牢地从周围钳住。王杨看着它们，乱糟糟地在雪里冒着头，觉得就像是无数枯瘦的溺水者。

王杨打开箱子，把里面的尸块拿出来，穿过外墙围栏的缝隙，一块块塞进去。为了防止有被烧得焦脆的皮肤碎片沾到身上，他提前就已经把尸块用保鲜膜包好。厂区中央的方向，还依然不时有枪声传来，为了今天，王杨特意准备了很多钢珠，确保自己在达成目的之前，可以把小马他们一直留在这里。

当所有的尸块都已经塞进去之后，就轮到王杨自己了，他一手抓住铁栏杆的上端，一手扶着水泥方柱的边缘，脚蹬在柱子上，猛地使劲跳起，然后在空中扭转身子，坐到了方柱上。他气喘吁吁，把上半身放低，和架在铁栏杆上的双腿平贴，生怕被不远处的小混混们看到，尽管每次过来打枪时，他都会往这个方向多看几眼，可他还是不放心。在方柱上对折自己的时候，王杨又想起了多年前回村坐的那种小客车，那时他也是一样压低自己的头,一样怕被不远处的人看见。可不同的是,那时的他身手矫健、精力充沛,翻上这么高的墙,根本不需要在上面停留换气;那时的他抱有对未来的憧憬,相信努力学习,可以改变他的生活,以后他会有自己的房子、自己的车,再也不用在交警检查的时候低头。

王杨终于还是从上面跳下来了,在落地的时候,他踩到地上的尸块,沾了雪的保鲜膜很滑,让他又重重摔了一跤。他躺在地上,想起刚才跳下来的过程中,曾听到刺啦的一声,摸了摸身上,发现羽绒服被栏杆的尖头划出了一条大口子,他想起以前看过的刑侦剧,警察从衣服布料里找到了疑犯的线索,赶忙站起来,仔细地检查了一遍栏杆,在有可能留下布料的地方,都狠狠搓了两把。

王杨从羽绒服的口袋里,拿出几个大塑料袋,把尸块装进去,开始往接近"靶场"的地方拖。老锅炉厂的厂区里也满是杂草,钢珠射在铁皮上,很容易迸出些火星子来,这种火星子可以把那些草点燃。为了确保这场火灾可以顺利发生,王杨准备了酒精、油、火柴、打火机,在买酒精时,他还特意买了几个玻璃罐子,说是给家里老人拔罐用,以免引起怀疑。想到这些设计,王杨的心里有一些夹杂着得意和酸楚的感觉。

起火之后,他会以一个成年人的姿态出现在老锅炉厂,他会告诉小马,他们还是孩子,处理不了这样复杂的情况,都赶快回家,剩下的事情都交给他。等那些小混混都离开之后,他有充裕的时间处理现场。

火烧起来得很顺利，之前找位置打枪的时候，王杨特意选了一个厂房边上的拐角，他甚至不用趴在地上摸过去，只需要翻窗子进入厂房，然后尽量别发出声音，走到和靶子一墙之隔的地方，倒上酒精和油，把火点起来。起火之后，他再把厂房外面的枯草点燃，干燥的风和凶猛的火苗会自己连在一起，他就可以走开，再以拯救者的身份回来就好。

墙的另一边，小马几个人还在说笑，在最初几次玩枪的时候，只有小马和王杨两个人可以开枪，后来小马玩得多了，有时候也让小弟们轮着开上几枪。王杨听着那边说的话，此刻拿枪的，应该是小马的一个跟班，王杨记得那小子愣愣的，说话特别冲，打枪也不太准，可小马的其他跟班似乎都有点怕他，话里话外都让着，也许是因为他长得特别壮。

当小混混们看到浓烟的时候，王杨已经走到厂区门口了，他双手插着裤兜，胳膊紧贴身侧，以免被人看见羽绒服侧面被划开的道子。王杨的内心，正涌起一种病态的快意，仿佛那火里燃烧着的，是他对自己，对父亲，对其他人，对生活本身所有的不满意和憎恨。他正在随着这件事情的完成，达成一种极其洒脱的自我完善。

王杨远远看到：有个跟班正指着厂房里的火光跳脚。

王杨远远看到：小马从车上下来，走到刚才开枪的那壮小子身边，给了他一个巴掌。

王杨远远看到：小马的巴掌一个接一个，朝着小弟的脸猛打。

王杨远远看到：小弟抬起枪口，对着小马开了一枪。

王杨远远看到：跟班们手忙脚乱，扶着小马上了那辆越野车，那车子晃动着加速，掉头向厂房门口开过来。

越野车直直朝着王杨冲刺，王杨赶忙侧身躲开，又是一脚失足，跌进了旁边的草丛里。车开过他的身边，没有丝毫减速，防滑链摩擦地面，发出镣铐和骨骼碰撞般的声音，一溜烟从王杨的视野中消失了。

王杨愣住了，计划已经到了最后一步，他却还是没能以自己想要的剧本，结束整场演出。他想起自己今天第一次摔跤时，脑海中出现的传送带，他觉得自己已经被送到了熔炉边上，可工厂却忽然停工，一切能够熔化他的机器都完全停止，他苦苦哀求，让那些师傅干完最后一次活，把他倒进铁水里算了，可师傅们却扬长而去，还安慰他："你已经在熔炉的边缘上幸存了，不要熔化，不要不珍惜，不要胡思乱想。"

王杨走出厂区，他想应该会有人报警来灭火，他想自己本来应该为小马受伤而快乐，可他却有点魂不守舍，不明白这一切到底是如何发生的，尽管这件事情里，几乎百分之九十都是他自己的计划。那时候风还是很大，吹得那些浓烟飞得好高，就像是老锅炉厂又开了起来，也像是一辆蒸汽火车开进了旷野。河流和那条不存在的铁路平行，王杨回到河流的这一边，拿起自己扔在那儿的箱子，沿着河面一直向前走。他想到厚厚的冰层下面有无数的大鱼，正在黑暗的激流中与他同行。他已经选择了生命的一边，而在另一边，那具正在被焚烧的，已经不会再一次死去的尸体，注定要和幻想中的蒸汽火车一起，在停滞中凝固于死亡。

王杨的目的地是安邦河下游的一个旧矿区，那里已经挖空了煤，成了一个人越来越少的小镇，他可以从那儿找辆黑出租车回城里。直到天黑时王杨才到达。东北的冬季天黑得早，四点多时大地就已经一片漆黑。天空中群星微弱，远不如矿区里的霓虹灯亮。王杨从河面上横穿过去，把被扯坏的羽绒服脱下来，塞进箱子里，然后找了块有尖角的石头，准备在冰面上凿个大窟窿出来，再把箱子扔进去，让证据随着河水一起流入大海。王杨以前总听说掉进冰窟窿里淹死的人，那时候他想，掉进冰窟窿里，从下一个冰窟窿里钻出来不行吗？后来他才知道，冰窟窿太少了，而与之相对的，是河流太长太长。

不知为什么，天黑之后的风小了不少，旷野中没有风声，显得安静。王杨背对着矿区，拿着一块石头猛砸，石头和冰撞击的声音闷闷的，之间还夹杂着他喘粗气的声音。终于把冰面砸开后，王杨在河岸上坐稳，以免落进水里，一下下把窟窿砸得更大，这花费了他大量的时间和体力。当箱子终于被河水带走之后，王杨累得双臂发酸，他默默坐着，想等恢复了体力再走。忽然冰窟窿里溅出了冰凉的水花，打在王杨身上，让他猛地一激灵，他听见了什么东西拍打着冰面的声音——是一条大鱼，是它的尾巴。

王杨认不出那是什么鱼，可它的鳞片正被远处的霓虹灯照着，闪闪的。它拼命挣扎，想把自己重新送回河里，可王杨一把抓住了它，把它在冰面上摔打了几下，那鱼就渐渐不动了。王杨提起那条鱼，站起来，扭着身体整理了几下腰带，转身向矿区走去。

自从捡到那条鱼开始，王杨觉得一切都变顺了。

备考的速度快了，睡眠也好了不少，连玩的游戏都抽到了一直想要的角色，王杨清晰地感觉到，自己的生活正在切实地向着光明进发。

有多顺呢？甚至余桐都主动找他了，这可是之前几年都不出一次的事情。

余桐没跟王杨约在酒吧见面，而是说要来他家见他。王杨把地址发给余桐，就雀跃地从椅子上弹起来，拿出遥控器，开启空调，温度也调到了最高。那天外面的气温一样很低，可王杨的内心和房间却都在急速地升温。玻璃起了一层薄薄的水汽，王杨擦了一把，露出灯火通明的城市一角。窗台上融化的冰水滴在地面上，像是一首舞曲的节拍。王杨罕见地体会到了热的快乐，体会到炽热与灼烧的区别。

尽管是约在家里，王杨还是跑到楼下的小卖部，买了几听最贵的啤酒。本来红酒更好些，可小卖部里面的红酒都是糖精和葡萄汁兑的，毫无酒的口感。王杨也曾考虑去更远的超市买，可又怕余桐忽然到来，王杨不想让她在门口等。

回到家，翻出大学时候买的，多年未用的蓝牙音箱，插上充电器放在角落，试了试还能开机。王杨在音乐播放器里找了个法语歌单，连上蓝牙先让它唱着，把刚买的啤酒放进冰箱里冰镇。

合上冰箱门时,王杨又摸了摸下面的冷冻层,在过去的一段日子里,那里装的曾是被烧焦又剁碎的尸体,现在却冻着一条主动跳入他怀中的鱼,他的生命,已完成了从死到生的跨越。

余桐来了。

她穿着长款的浅紫色羽绒服,里面是宽松的灰色毛衣,阔腿裤,精致的矮跟皮鞋,羽绒服的拉链只拉到一半,长长的马尾辫随意扎在脑后,在王杨眼里,带着些风尘仆仆的潇洒味道。

王杨脸上的笑容,此刻就和屋子里的空气一样温暖。

他说:"你来了,好朋友!

"今天约得仓促,我也没好好收拾收拾,屋里有点乱,你别嫌弃。

"住的条件确实一般了点,为了准备考试才租的,也没怎么挑过,反正明年考上了,我就换。

"最近复习情况挺好的,到时候考过了,再请你,还有咱班同学去酒吧玩。

"补课的活我也推掉了,把精力都放在备考上。

"我想好了,等我考过了,上班之前,要去全国各地好好玩一圈,到时候你——"

余桐看着在客厅里走来走去的王杨,没有换鞋,也没有进屋,只是替代了隔绝冷热的门,站在那儿静静地望着王杨。王杨还沉浸在自己的诉说中,没能注意到余桐的目光。多年来他总是在不同的地方注视着余桐,可像这样,在余桐的视线里,成为一个专注而投入的表演者,也许还是第一次,尽管那目光里的情感也许截然不同。

"你把小马打坏了？"余桐问。

在那个瞬间，仿佛那扇门忽然消失，铺天盖地疯狂的寒冷冲进房间，裹在了王杨身上。

"你跟小马一直有联系？"王杨的身躯完全静止，僵在一个侧对着余桐的角度。

"这重要吗？你知不知道他们家是干什么的？你捅了多大的娄子，你知不知道？"

"你特意过来，就是为了跟我说这个？"

"网上说这些事容易留下证据，我不想把自己也搭进去，才过来给你报信的，也许过两天就有别人找到你头上了，自己小心着点吧。"

余桐把羽绒服的拉链往上拉拉，就要走了。

"我没打他，我只是把枪借给了他，是他们自己弄出来的事，跟我没关系。"

"你借了枪给他们，就是你的责任，他们几个家里的大人彼此都熟，不可能因为这点事跟对方撕破脸，这个锅就只能你来背。"

余桐此刻已经完全走到屋外了，她把门慢慢掩上。王杨看着她在门缝的挤压下越来越窄，感觉到炽热重新变成了灼烧，将他的魂魄烧伤，身体里的水分与希望，从他的每一个毛孔中残忍地流出，然后飞速蒸发。王杨冥冥中认为诀别时刻已经到来，可他却表现得很差，让场面太难看。

"你和小马，到底是什么时候勾搭上的?!"

余桐的表情没有任何波动，她猛地关上了门，不知道有没有说句再见。

法语歌还在唱，窗台上的冰已经完全化干净了。

王杨知道，自己没有很多时间。

无论是离开双鸭山彻底逃走，还是找地方躲起来先避避风头，他都不该继续留在这间出租屋里。尽管余桐和小马私下联系的事，让王杨心里的绞痛剧烈发作着，可他坚持揪着胸口，强迫自己清醒，以尽快计划好后续的行动。

他打开家里所有的柜子，拔出抽屉，把里面的东西都掏出来，倒在地上，寻找哪些是可能有用的。衣服，裤子，口罩，碘酒，纱布，水杯，酱油，味精，辣椒粉，方便面，扑克牌，卫生纸，遥控器，说明书，维生素，乘车卡，公园门票，同学合影，小学、初中、高中、大学毕业证，被撕碎的画着皮卡丘的同学录，到底要带什么走？王杨越翻越急，到最后完全变成了摔打，空旷的出租屋一片狼藉，乱得像刚刚结束营业的舞厅。

王杨看着这凌乱的一切，忽然觉得荒唐，此刻的他，认为任何计划都全无意义。

他脚踩着大学毕业证上自己的照片，终于想到了要带什么东西，去什么地方。

他从冰箱里拿出那条鱼，用保鲜膜裹好，放进背包里，出门打车，让司机拉他回自己的村子。他要到大地边缘，那几座山上，质问列祖列宗，为什么无论他怎么努力，他们家的祖坟，就是冒不出青烟?!

一上车，王杨就把自己带的所有现金，塞到了司机怀里，除了祖先，他懒得和任何人废话。

在村里所有的灯都熄灭之前，王杨终于到达村口。但他的目的地不是村庄，而是农田，那个每当冬季来临，就被所有人抛弃的地方。当王杨艰难地在寒风中行走时，他的大脑中冒出一种新的观点，认为孩子、农田和牲口，在人的眼中，不过是同一事物的不同变种，人类驯养农田与后代，穷尽他们的养料与天赋，工资和试卷，就是人类施放在自己身上的化肥。

又开始下雪了。

今年的雪，好像格外多。王杨想起小时候，一到这种天气，父亲总会说："明年会有好收成，收成好，咱家就能过好日子。"就好像说了这句话，老天爷就会如父亲所愿，赐给他更多的作物和更好的生活。可雪下了一年又一年，父亲说的好日子还是没有到来，说到后来，连家里的人都少了一个。

在和祖先们对质之前，王杨先一步想到了母亲。母亲在父亲的描述里，似乎是个愚笨又缺乏情感的女人，她抛下丈夫，抛下儿子，让两个男人生活在混乱与邋遢之中。在过去，王杨曾暗地里把余桐和母亲做比较，他把母亲视为村里女人的典型象征，而余桐却那么美，那么聪明、敏锐而干净。

也许从小到大，余桐的家里，从来没有过需要烧火的炕。

也许像余桐那样的女人，就只会和小马搅在一起，他们才属于同一个世界。

"所有的女人都一样,到最后都会抛弃我。"王杨想。

王杨家的祖坟,就在某座矮山的山腰,没在最高处,也没在山脚,斜靠在山的中间地带。每次带王杨来上坟的时候,父亲总说:"你看咱们老王家这坟,背山面水,风水好,以后你肯定会有大出息。"那时候王杨总是想,虽然勉强算得上背山,可他怎么也找不到,面的水究竟在哪里。祖坟风水好,自己会有出息的说法,就更显荒谬,全村几百户人家,几辈人都把死人埋在这地方,王杨并没有看见哪家的谁有了大出息。

终于到了,王杨在无数的坟前,一个个辨认着墓碑,花了好大功夫,才找到王家的祖先们。

"先祖　王讳善勇　之墓"

"先祖母　王赵氏　之墓"

王杨从背后拿下背包,用尽全力,往地上一摔,然后一手叉腰,另一只手伸出食指,指着面前的墓碑,大声叫骂:"你们不是要冒青烟吗?冒啊!来,冒!你们不是祖宗吗?!冒给我看看!都是废物,废物!废物!废物!废物!"

骂完这几句,王杨以为自己还会有长篇大论,控诉这些年自己的不甘,可他忽然发现,自己又没什么想说的了,他好像就只是发了一场疯,除此之外,什么都没能干成。随后王杨又很快发现,"发了场疯,但啥也没干成"这句话,也评价了自己的整个人生。

王杨想,要不把那条鱼给祖宗们烧了吧。

可他随即发现，自己不抽烟，身上连个能打火的东西都没有。

王杨抱着那条鱼，一屁股坐在王家的祖坟旁边，一动不动。雪越下越大，仿佛要无声地将他埋葬，所谓瑞雪兆丰年，也许就是在冬天的时候，一些人注定要被大雪压进地里，压得比草更低，比地更低，低到最深的地方，直到第二年，再化为那些年轻庄稼的养料。

在那时的大雪中，王杨本来已做好准备，完全接纳自己怀抱着一条鱼被冻死在祖坟边的命运。可当他发现自己的身体在逐渐变僵时，他忽然再次觉得愤怒，他想起这一切的罪魁祸首，本来就不应该是早已腐烂多年的尸体，而是那个不断告诉他，必须让祖坟冒出青烟的父亲。带着这样的想法，他艰难地拔出双腿，扶着墓碑站起来，把鱼一扔，往山下走。

"跟他摊牌！让他顶罪！

"所有这些事，本来就是因为他烧死了人，才闹出来的！

"他活该，他本来就有罪！当年我妈到底是怎么回事，别以为我不知道！

"就算因为他，不能考公了，我也不能蹲监狱！没了这条路，我还能做买卖，一样赚大钱！"

愤怒的念头支撑着王杨，他的脚步越来越快，可头却越来越晕，比那天晚上醉酒之后的感觉还要更剧烈，他眼前发黑，倒在雪地里。

双鸭山的夏天，一般是从六月开始的。

在那时候，雪已经完全不见了，花也已经开过一轮，孩子们开始踢足球，人工湖的喷泉重新开放，年轻人和老人们都要去跳舞了。

就在刚才，在日料店里，那个刚考上公务员的同学就跳了一段。他的舞姿笨拙，就像是王杨他们高中时跳的广播体操，同学们聚在他的身边，边笑边拍手，尽管已经毕业了这么多年，他们仍是彼此最好的朋友。

此刻，王杨正站在门口抽烟，李伟松走到他身边，问他借了个火。

李伟松说："吃不惯，生的，咋吃都恶心。"

王杨说："你这是山猪吃不了细糠，这玩意在大城市流行着呢，都吃。"

王杨刚说到这儿，李伟松用手肘轻碰了他一下，王杨看过去，看到李伟松正在挤眉弄眼，还不断往自己身后的方向瞟。于是王杨也转身，看到余桐穿着刚到膝盖的深绿色裙子，踩着精致的露趾凉鞋，带着清香的夏日气息，从日料店里款款走来。

余桐说："学会抽烟了？"

王杨把嘴里的烟头吐到地上踩灭，微笑着说："刚学的，抽着玩。"

余桐也走到王杨身边，王杨熟练地从兜里拿出香烟和打火机，给自己和余桐各点上一根。

余桐说："班长喝多了，到处扯着人说话，我嫌闷，出来透透气。"

王杨说:"人逢喜事精神爽,考了个全市第二,喝多少都正常。"

李伟松说:"要不是因为你爸的事,你今年说不定也……"

王杨摆摆手,说:"这就是命,不管他干啥,毕竟还是我爸。再说了,凭我这学历条件,干点啥还不能活着了,你别忘了,当年上学的时候,你那学习还是我给你辅导的呢。"

李伟松说:"哈哈!可算让你记上了。"

说完这几句,三人陷入短暂的沉默,只是默默地,交替着吐出烟雾。在这美好而舒适的季节里,那些烟雾无法遮盖任何事物,在阳光的照射下,它们艰难地扭曲着,但转眼间就消失于无形。

李伟松说:"前几天,出了个好玩的事。王杨,你还记得去年咱俩吃饭,我提过有一个得绝症的人,把家里房本、存折都拿走了吗?"

王杨的烟刚刚递到嘴边,却忽然停住不动,他看着李伟松,说:"记得啊,他咋了?"

李伟松说:"那人钱花完了,回家了,连他自家人都没想到,丢了大半年还能回来。"

王杨开心地笑了起来,他说:"他跑这一趟时间可真不短哪!从去年那时候到现在,这要不是他自己回来,估计都以为他死了。"

李伟松说:"人为财死嘛!那钱花没了,没财了,就只能活着了。"

这句话好像很幽默,把王杨和李伟松都逗笑了,连余桐的脸上都有了一些笑意。

王杨说:"对了,小马现在怎么样了?"

余桐说:"几天前刚高考完,好像正准备去欧洲玩呢。像他那种情况,考试就是走个过场,考好考坏的,基本上也都是出国了。"

王杨说:"挺好。"

李伟松说:"真好。"

余桐说:"嗯。"

三个人的烟都快抽完了,就在那时,一辆车从他们面前经过,开得很快,连他们面前那稀薄的烟雾都被带得飘走了一些。那车带起的风,更让他们有了些夏日的感觉,清凉,惬意。

此刻的他们,看上去就和少年时代全无不同,意气风发,面容干净,站在安全的街道上,年纪和季节都恰到好处,距离下一个冬天,还需要很久很久。

侠

郑方明走进商城的时候有种错觉，好像整个城市的人都躲在这栋楼里避雨。一对年轻人抱在一起，细长弯曲的头发贴在女孩脸上，男孩用手搂着她的肩膀，低声说着话。后面不远处是个修手表的侏儒，蜷缩在木凳上，瞪着眼盯着他们，修表摊前面是纷繁交错的脚印。

没什么特别的理由，郑方明就是想来看看范东。两周前同学聚会，范东就没来，其他老同学都好像因为这件事松了口气。郑方明有点哭笑不得，人十几岁的时候打架混社会，难不成到了三四十岁的年纪，依旧不变吗？没那样的事。在饭桌上，郑方明像玩笑一样把这话说了。一个这两年赚了不少钱的家伙嘴不屑地动了动，可看看郑方明青筋暴起的粗壮小臂，又看看他挂在门口的刑警制服，终究还是没有把反驳的话说出口。

如果说，范东上学时像一把锋利的三棱刮刀，那他现在就像是一根旧皮带。郑方明走到他边上的时候，他都完全没有注意到，只在专心致志地收拾被顾客翻乱的棉袜。旁边的摊位是个肥胖过度的中年女人，脸上泛着红光的肉淹没了眼睛，头发紧绷绷地扎着，仿佛是被她撑起来的，穿着一件纯白色的跨栏背心，胸部无力地垂着。里面什么都没穿，郑方明想着，觉得恶心，他认为这世界上绝不该有人对这个女人产生性欲，甚至和她说话都让人不适。可她现在就正和范东说着话。

女人说："我家那个老爷们儿，天天喝酒打麻将，不着家，得亏我家那个小子是个好样的，学习不用我操心，等以后他考上大学，我得跟那个王八犊子好好算算账，这些年不能白便宜了他，有怨报怨，有仇报仇。"

范东说："哎，是嘛。"

女人说："范大哥你评评理，我应该不应该？"

范东说："应该。"

郑方明说："东哥，忙着呢？"

范东慢悠悠地抬头："啊，小明啊。"

女人把话茬接了过去："范大哥，你朋友啊？"

范东说："是我高中时候的同学，郑方明。"

女人说："哎哟，郑大哥，干啥工作的？"

郑方明没理她，接着对范东说："东哥，同学聚会你没来，我寻思人多你可能不自在，就过来看看你，你别忙活了，走，一块出去喝点。"

范东说："不行呀，要看摊的。"

郑方明说："听我的，走。"

于是范东就从柜台里挤出来，郑方明惊讶于那空间的狭窄，范东人本来极瘦，但站在那儿竟都没什么活动的余地，要从两家摊位的缝隙中通过，还要竭力平稳着，以免碰掉了邻家的货物。范东钻到外面，想想又觉得不对，就对胖女人说："张娟，我去和同学喝酒，不知道什么时候才完，今天摊就收了吧，你受累，帮我把盖布铺一下。"

胖女人爽快地应下，挪到范东的摊位里，从挂着帽子的那面墙的最顶端解开一个活结，一整段灰布流淌下来，把所有的帽子遮盖住，一直延伸到外面，盖住柜台上的东西。范东从柜台外接住，整整齐齐地盖好，又披了披两个角，双手平摊，前前后后地抹了几遍，把布上的褶皱抹平，才放心地跟郑方明说："好啦，我们走吧。"郑方明点了点头，心里回想，张娟在柜台里走动时，就像是一大块流动的胶。

外面的雨还在下，只不过已经小了好多，他们两个人走在雨里，不紧不慢。

范东一向是这样走路的，无论是三伏还是三九，白天黑夜，雷雨暴雪，他就是要一步一步稳稳地走。高中时，在一群混混中，其他人上蹿下跳、玩世不恭，他就显得格外扎眼。

不认识范东的人，看他瘦瘦小小，也不多话，可能会觉得他好欺负，那可大错特错。郑方明对此就深有体会，有次他撞见范东在厕所里和人打架，一个错身，两拳一脚，对手就已经被范东按在了便池里喝水。从那一刻开始，郑方明就发誓，这辈子和范东只能做朋友。

郑方明选了家杀猪菜馆，点了一锅酸菜白肉、一盘肘子和几瓶啤酒。他喜欢看范东吃肉，从很久以前开始，他就觉得看范东吃肉是一种享受，一种仪式。范东会像刽子手一般掰开筷子，精妙地从容器里夹出一块肥瘦匀称、恰到好处的肉，在酱油碟里蘸好，再缓缓地送进嘴里。范东在绝大多数时候都不挑剔，唯有在吃肉上讲究，如果蒜泥不够黏稠，或者肉的火候不好，他会非常介意。幸好，这家菜馆的厨师手艺不赖，郑方明不眨眼地盯着范东把白肉夹起来，按从前的节奏走过一番流程，嚼得烂碎，咽进肚去，又眯着细长眼睛长舒一口气，才终于心满意足地倒上啤酒，对范东说："来东哥，先干一个。"

"东哥，现在还跟以前似的，爱吃肥肉啊？"

"爱吃，肥肉好吃。"

"我真羡慕你，吃这么多肥肉，一点都不胖。"

"你不懂，越是瘦人，才越爱吃肥肉。"

"我也爱吃，就是吃不了多少，一多就腻，而且也怕胖，这两年没咋的，都胖三十斤了，几天前洗澡上秤一称，都快一百八十斤了。"

"胖些也好，胖人一般生活得更如意些。"

"嘿嘿，看你说的，有啥如意不如意的，都到这个岁数了，都是凑合活着。"

"不会，小明你是聪明人，不至于到那步。"

"东哥又埋汰我，你这几年都不咋找我，怎的，老弟有啥事得罪你了？"

"没有，我只是不喜欢警察。"

"哎哟，东哥，你看你。其实警察这工作也不容易，累，还总操心。社会嘛，总少不了我们这行，保卫个治安啥的。"

"保卫治安，不好说。但警察教给我一件事，我记到现在——欠债还钱，杀人偿命，自己做的事自己就要付出代价，无论那个代价有多大。"

尽管天色阴沉，可在菜馆的灯光下，郑方明还是不自觉地盯住了范东搭在桌面上的胳膊，细细的，皮肤很白，从手腕处开始，一连串烟头烫出的痕迹，延伸到肘部，像是被一阵猛烈的炮火轰击过的阵地。绵长的雷声在窗外响着，郑方明把一片肘子夹到酱碟里，不说话了。

从饭馆出来的时候，郑方明又遇到了张娟，还有她的孩子。

那男孩皮肤黑黑的，个子蛮高，贴头皮的卡尺寸头，露在校服背心外面的肌肉紧实，个子比他的妈妈还要高些。和母亲那稍显诡异的肥胖不同，那孩子带有一种健康的结实感。郑方明和范东走过去的时候，张娟正笑眯眯地给儿子讲卖货的事，男孩闷声听着，没答话，也没点头摇头，仿佛对母亲的一切事情都不愿表达态度。

看见两人走过，张娟热情地招呼："范大哥、郑大哥，这么快就吃完啦！儿子快来，这范大爷你认识，总跟妈一块卖货的，这是郑大爷，范大爷的同学，叫人。"

男孩小声嘟囔："范大爷、郑大爷。"

张娟说："这孩子就这样，不愿意吱声。"

郑方明没办法再装傻，就接着话头问下去："孩子这个子可不小，得上高中了吧？"

张娟说："哪儿呀，虚岁才十三，今年下半年才上初中呢，就是长得壮，跟他们同学在一块，就数他显眼，但是听话，从来不给我惹事。"

范东说："不早了，都赶紧回吧，明天还得早起出摊。"

郑方明说："我打个车送你回去？"

范东说："不用，我天天下班自己走，都习惯了，你赶紧回家。"

于是几人告别，各自走上各自的路。范东住得最远，从商城走回他家，要接近一个半小时的脚程，但他很享受走路回家的过程。双鸭山的公交车六点半就收，路上只零零星星地过几辆出租车，摆夜市的小贩们陆续出摊，但只占据两三条马路的空间，走出这一段路，这个城市就变成醉汉们的游乐场。

范东一向是个享受清醒的人，但此刻他觉得微醺也未尝不美，原因可能是这是一个有风的夜晚。黑龙江拥有整个地球上最惬意的夏夜，尤其是雨后，温度适中，黄昏温柔，所有人的脚步扎实，正适合让人从现实社会一头跳进肉香与酒香的氛围里。好久没这样了，范东想。

尽管范东从小就惹了不少麻烦，但他总是有一套自己的规矩，比如和什么样的人交朋友，因为什么和人打架，以及什么时候让自己高兴或不高兴。他以前打架的时候，总被人说爆发力特别强，其实相比起肉体上的强悍，他的内心更有一种危险因子，他期待又警惕着那种因子的跃动，愤怒、喜悦、哀伤，诸如此类的情绪，他都很少允许出现在自己身上，因为如果太过频繁地点燃那些火种，他心里的火焰可能会迅速燃尽。除了今夜，他重温到一种久违的感觉，叫作愉快，这感觉让他放松。他想，如果回到刚才，他可能会对郑方明更友善些，说点无关痛痒的家常话，而不是冷酷地与对方谈论警察工作。但也可能不会，再进一步，情绪有可能变得危险，那是不可控的事情。范东没有因为这种选择而烦恼，他沉浸在对路旁景观的思索中，挖掘着自己可以直面的那部分回忆。

范东长大的城区被称作南小市，尽管在回忆和现实中，这里都是弥漫的灰尘，但这并不代表他讨厌这里，反而他所有美好的畅想，都是在这里萌生出来的。

在南小市边缘的歌厅里，曾经有一个女孩把麦克风递到他手上，眼里带着崇拜地邀请他唱歌，但他没注意到。那时他正在充满好奇地观察着那个狭窄的房间，幕布上模糊的投影、点歌台上的显示屏和键盘、几根硬弹簧撑起的地颤，他第一次见，觉得很好玩。

对范东来说，那次唱歌的前因后果，意味着两个第一次。

第一次被人扯去参加打架，因为瘦小，他本来是被拉去凑人数的，可当他一拳打得对面最壮的浑小子蜷缩在地上，发不出声音时，他就成了这场战斗绝对的英雄，领头的混混紧紧地拥抱他，说他就像电视剧里的乔峰。尽管这场架的起因是某个邻校的小子调戏了某人的女朋友，但被记住的只有范东。从那之后，又经过几次硬仗的洗礼，学校里所有不安分的小子都记住了他的名字，还有他的绰号——"大侠"。

还有第一次当着众人唱歌。范东不喜欢说话，但他似乎对唱歌没什么包袱，在一群混子和女孩的注视下，他连唱了好几首歌，然后坦然地接受了他们的掌声。他清醒而敏锐地把这些掌声与自己打架时的精彩表现联系起来，在他的观念中，打架的意义被迅速地拔了上去。

走过歌厅，范东看到一排五金店，他曾在其中某家买过一根长铁管，很顺手，可惜后来被当作凶器，让警察给收了。五金店对面是菜场，被一圈矮楼包围，每天只有早上的时候热闹，白天菜贩们都不过来，只有几家水果店开着；五金店后面是铁道，范东常和人在那里约架，有时候打着打着，一列装满了煤的火车驶过来，大家就都各自分开，跳到铁道两边等车通过，透过车厢与车厢之间的缝隙，少年们凝视着彼此充满仇恨的眼睛。

再走过这一段，就到家了。范东有点累，又有点困，他站在自己门前的空地上，看着北面一片红色的天空。小时候他也总是好奇那边，一直到他上了中学，成了"大侠"，和兄弟们走到那边的时候，又觉得那边除了有几栋楼房，也没有什么特别的。后来就是与世隔绝，漫长的日子结束之后，重见天日时，那片让他好奇的地方才终于有了些繁华的样子，他也融入其中，成为一个摊贩，卖些帽子袜子领带背带腰带鞋带松紧带，他不知道该不该泄气。不远处小卖部家的孩子指着天空问："为什么那边是红色的？"他爷爷一面劈柴一面回答："因为那边全是灯啊。"范东挥挥手，赶走围着他飞了一路的蚊子，从腰带上摸出钥匙，开门，进屋，上炕睡了。

这年到了最热的时候，学生们都已经开始放暑假，街上逛街的人明显变多，范东反而闲了下来。

起因是商城的老板提出要涨租金，每个摊位在原有的基础上加百分之十。这事对范东本人来说无关紧要，首先他摊子小，百分之十也无非就是两包烟钱；其次他既没有成家，又和父母早就不联系，一人吃饱全家不饿，所以不差那点租金钱。可张娟反应很大，理由是她家的孩子马上要上初中，买新书本新文具再加上课外补习，样样要钱，家里的男人又不争气，所以一分一毛都要嘴攒肚挨，再加百分之十的租金，将会把她的生活彻底击溃。

于是她伙同商城里另一个卖光盘的妇女，组织全商城的小贩罢工，范东也跟着一起，每天还是照常来街里，但不出摊，只带个马扎，往商城门口的阴凉里一坐，听人扯闲话。开始很无聊，后来他发现修手表的侏儒小刘总是带小说来看，就每天坐在他边上，蹭书。蹭了三天，小刘问他："范大哥，你也爱看小说？"范东说："还行，以前上学总看武侠小说。"小刘说："那好啊，我明天给你带一本来。"从那之后，小刘每天给范东带书，两人各看各的，偶尔还交流几句。又过了几天，小刘开始带黄色书籍，问范东看不看，范东连声拒绝，说自己看古龙就够，心里却有点别扭，虽然在阴凉里，但还是觉得热得心慌。

在偶尔的读书交流中，范东了解到小刘对罢工这件事的态度。与范东的漠不关心完全相反，小刘对这事极其热情，他对范东这样解释："范大哥，武侠小说里的大侠吧，都是扯淡，你说世界上哪儿有这种武功啊？唰唰唰飞天遁地的，又是劫富济贫，又是惩恶扬善，都不现实。要我说，在现实生活里，能带领咱们发家致富的，就是大侠。我觉得王姐就是大侠，要不是她组织咱们罢工，是不是就得多交那百分之十的租金？现在一罢工，老板不挣钱了，马上就得给咱们解决问题，这是啥？大侠！"

范东这才知道，原来卖光盘的妇女叫王姐。

小刘说这些话的时候，范东有点迷糊。"大侠"这个称谓，他是很熟的，在很长一段时间里，这是别人称呼他的方式。但他的理解却和小刘完全不同，在范东的认知里，所谓"大侠"，是从来和致富啊、罢工啊这些事扯不上关系的。他为什么会被人称作"大侠"？是因为他可以一拳把人打得跪下，让那人吐着酸水，浑身抽抽。这代表着什么？代表能被叫"大侠"的人，唯一的必备条件就是拳头够硬。王姐的拳头够硬吗？范东有点怀疑。

到了中午，王姐给大家统一订了盒饭，有风言风语说，王姐在这过程中吃了回扣，不过这几天群情激愤，大家都是冲着商城，所以也没人计较。更何况王姐把大家组织起来，已经是劳心劳力，从中使些小聪明，大家也只装作不知道。

在吃午饭时，张娟总是和范东一起，然后重复地询问自己做的是否合理，仿佛特别需要范东的回答，来作为她行动的舆论支撑。张娟总说："范大哥，但凡有一点活路，我都不至于这么闹，我就一个老娘们儿，没那么大能耐，确实活不下去了。孩子上中学，啥不花钱呢，是吧范大哥。"范东说："是呢。"然后慢条斯理地扒拉着盒饭，从菜里把花椒粒挑出来。

王姐比张娟更硬气些,她从不浪费吃饭的时间,总是把一些罢工者聚在她周围,给她们讲些斗争的经验,几个刚参加工作的年轻人聚精会神,连吃饭都忘记了。王姐说几句,就要提醒一下:"你们别光顾着听我说话,吃啊,不吃饱,哪儿有劲罢工啊,别回头回家了,你们老爷们儿看饿瘦了,说我虐待你们啊。"周围的妇女们一听,都哄笑起来。

郑方明偶尔路过,也会来看一眼范东,跟他说不要闹得太过,局里一直盯着这事,有什么风吹草动可能就得有动作。范东只是点头答应,郑方明看他这样的反应,总觉得心慌。有一次着急了,郑方明就问范东:"东哥,你别光点头,你到底啥态度啊?"范东把手里的武侠小说一合,头也没抬,只是把眼睛往上挑,甩下一片狰狞且遍布血丝的下眼白,盯住郑方明说:"小明,这事不是我组织的,你跟我说不着,你要是真操心,去跟那女的说,她是领头的。"手指了指王姐,又把小说翻开了。

在罢工持续将近两周的时候,伴着周围其他商城的热闹经营,张娟他们的横幅也拉了起来,横幅上面写着"保护售货员血汗,坚决反对涨租金"。张娟和王姐站在两张长桌上,拿着喇叭大声疾呼:"我们挣钱不容易,坚决反对涨租金。"小刘更是冲在前面,小说也干脆不看了,只围着横幅前后打转,给路人讲述涨租是多么不合理。可范东没什么反应,他和路人一样,注意力完全被隔壁商城搞的反差表演吸引了过去,一个五官硬朗的男人穿着短裙,站在台子上唱"我是女生",底下一群人津津有味地看着,甚至还有几个人带着孩子。看了好半天,直到那男人终于唱完谢幕，扭着腰走下台，主持人才回到台上，开始搞抽奖，到了这个环节，本来仅存的几个在罢工舞台看热闹的路人，也终于跑到了隔壁去。看人越聚越多，主持人又开始卖关子，说在抽奖前，先要请几个小朋友上台回答问题，这导致底下的观众发出不耐烦的嘘声。

张娟的儿子呢？范东忽然想到，扭头看了一圈，发现那孩子蹲在角落里，不知道在干吗。范东凑过去一看，他在用一个很旧的黑白游戏机玩《俄罗斯方块》。自打张娟的罢工活动开始，那孩子就一直在，只是从来不出声，就自己躲起来，闷闷的。范东回忆起来了。

横幅拉起来的第二天，老板终于决定和售货员们谈谈。

一大早他就把罢工的人请进商城，一群人站在大厅里，呼吸相闻。范东站在第一排的边缘。小刘被人群挤到了最外面，搬了把椅子垫在脚下，但还是矮了一截，只能竭力踮起脚，向中心张望。张娟和王姐站在中间的位置。等所有人都站定之后，保安们把商城的铁门重重拉上，然后背着双手，守在门口。

老板穿着干净的淡蓝色衬衫，下摆掖进裤子里，袖子挽起一截，身后站着几个保安。按理说，面对着一帮不算友善的人，人难免紧张，但范东远远看着老板的眼睛，感受不到他有那样的情绪，那眼神反而带着几丝凶狠，那凶狠让范东有种亲切感。

"你们罢工，不卖货，不挣钱，图什么？"

"图你给我们一条活路。"

"我涨租就是不给你们活路？我让你们在这儿卖货，不是给你们活路？"

"我们不同意涨租，没钱交，你要是涨租我们就不开工。反对涨租，斗争到底。"

王姐说完这句话，后面其他人就按之前排练的那样，高喊起来："反对涨租，斗争到底。"

喊了几声，话音收住，老板却忽然笑了。

"你看咱们商城的售货员，跟别的地方的就是不一样，团结，有力量。尤其是王姐张姐，我听说这次罢工就是你俩组织的？"

卖光盘的王姐说："是我们俩，我们就能代表大家，你到底啥态度，给个话吧。"

老板没给话，而是回头跟身后的保安比画了一下，几个男人走到人群前面，拽住王姐和张娟的胳膊，开始往外拖。站在她们俩旁边的几个妇女连忙维护，说："你们干啥，要耍流氓吗？"保安也没话，直接一甩棍打在她们胳膊上，她们疼得惨叫，向后退，王姐和张娟被拖了出来。

接下来的十五分钟，人群是无比沉默的。一开始还有甩棍打在肉上的闷响，以及两个中年女人的惨叫。后来，惨叫声就渐渐消失了，连金属撞击皮肉的声音都更加沉闷，这空空荡荡又被某种焦虑填满的整个商场，在无数个似乎永远无法结束的连贯的瞬间中，变成了一面没人能钻出去的鼓。然后声音也开始隐匿，色彩占据了场景的主篇幅，四个比较强壮的保安，每人扯住王姐和张娟的一条腿，分别按顺时针与逆时针的顺序出发，围着人群转了两圈，红色的、闭合的圈。人们躲闪着，怕血沾到自己的鞋子上。

慢慢地大家都走出了圈，无声地回到自己的摊位上，掀开盖布，坐好，在心里计算多交百分之十的租金后，要怎样筹划未来的生活。小刘是最快的一个，回到修表摊他做的第一件事，就是从怀里拿出钱包，数了几张大票出来，摆在台子上，然后把自己带的两本小说塞回抽屉里，拿着单筒放大镜端详台上的手表表盘。离他几步远，就是王姐和张娟最后被扔下的地方。在所有人都回到摊位之后，保安就拖走了她俩，然后清洁工开始打扫地面，地板擦干净之后，商城就要开始今天的营业了。今天很晴朗，天上连一片云彩都没有，街上行人密集，会是个卖货的好日子。

范东也坐好了，手里抓着一截松紧带，抻长，抻得松紧带上的皮筋都清晰可见，他控制着，努力保持平静，可他还是觉得内心深处的某些东西在被唤醒。终于，那根松紧带不堪重负，断掉了，长的那截铆足劲弹起来，打在他的脸上，他回过神来，想起张娟的儿子好像还在商城外面一个阴凉的角落里，玩着《俄罗斯方块》。

自从知道商城出事之后，郑方明就总是心慌，甚至有几次夜里睡得正沉，忽然一个抽冷子醒过来，满脸是汗。妻子半睡半醒地问他："不睡觉，干吗呢？"郑方明说："没事，你睡。"第二天吃早饭的时候，郑方明对妻子说："我最近总是做梦，梦见高中时候的一个人。"妻子正坐在落地窗边上往外看，听见他说话，斜了他一眼，说："谁啊，初恋女友？还念念不忘呢？"郑方明说:"不是,跟你说正事呢,我这几天,总能梦见'大侠'。"

高中开学报到的第一天,郑方明就知道范东叫"大侠"。那天他们八点钟到校,是个阴天,一排展览板上写着班级和姓名,每个人找到自己的名字之后,就在各自班级的牌子后面等。郑方明看了一圈,在七班那张纸上找到了自己的名字,没着急过去,还和初中时的几个朋友站在那儿聊天。朋友问他:"明哥,分的几班啊?"郑方明回答:"七班。"另一个朋友接话:"牛啊小明,和'大侠'一个班。"郑方明问:"'大侠'是谁?"朋友说:"你他妈学习学傻了,'大侠'都不认识,等着吧,很快你就知道了。"

郑方明当时对这个绰号是有些嫉妒的,十六七岁的半大小子,没有人不想做大侠,但每个人的大侠身份,都只能在自己心里有效,只有朋友嘴里的这个人,他的大侠身份是公认的,是约定俗成的,甚至如果你不知道他,是应该遭到鄙夷的,郑方明开始好奇了。

被班主任带到教室,分好座位,郑方明做的第一件事,就是问旁边的同桌:"兄弟,你知道'大侠'是谁吗?"那男生是个小矮胖子,戴着一副厚镜片,听见郑方明说话,有点怯,赶紧摇了摇头。郑方明想想,这样的男生,满心都放在学习上,不可能知道这种事,就也不再问,往后一靠,开始听班主任讲:"你们都是各个学校的尖子生,才能在一中见面,要珍惜这三年,对自己负责……"郑方明左耳进右耳出,他激越的思想世界,已经全部被大侠占据,没有班主任的空间了。

一开始,郑方明是想独自寻找"大侠"的,但这一过程并不顺利。一中的学生以苦读者居多，剩下还有一部分，尽管不爱学习，但也对了解江湖典故缺乏兴趣。郑方明在班级里问了好几个身材壮硕、模样凶悍的男生，没人承认自己是"大侠"。最终耐不住好奇，郑方明只好去找那个跟他提起"大侠"的朋友。朋友说："你为啥对'大侠'这么感兴趣呢？"郑方明说："就是想知道什么人能配叫这绰号。"朋友说："来，我给你指。"两人走到七班门口，朋友一指靠着窗沿发呆的瘦子，跟郑方明说："看见没，就他。"郑方明说："范东？你是不是跟我扯犊子呢，他凭啥能叫'大侠'？"朋友说："我一开始也不相信，不过等你见识到了，你就服了，在这之前，我就一句话，别得罪他。"

于是郑方明开始了他漫长的观察，范东在食堂吃饭，他坐在隔壁桌，范东去厕所蹲坑，他在外面抽烟。范东也注意到了他，但没在乎，范东从来不对这些事上心，只是偶尔他会有点期待郑方明偷袭他，给他一拳，甚至亮点家伙，但是郑方明什么都没干，只是跟着他。这段跟踪最终有了收获。那天范东提好裤子，吐了口痰，从坑位出来，被一个大个子堵在了厕所。然后就是那令郑方明久难忘怀的两拳一脚，来势汹汹的挑事者已经被按在了便池里。从人堆里走出"大侠"的拥护者，蹲在大个子的旁边说："就他妈你，还跟'大侠'动五把抄！不过你命挺好，今天正好赶上'大侠'拉完冲水。"所有男生都大笑起来，除了大个子。

直到今天，郑方明都觉得范东是他见过的最有打架天赋的人。既不同于膀大腰圆的蛮力派，也不是纯逞凶斗狠的搏命派，范东的强悍，是讲不清楚的。当大个子被范东轻易击倒的时候，郑方明甚至有点心悸。尽管随着时间推移，郑方明愈发强壮，当上了警察，腰上别了手枪，那种心悸也未曾消失，只是被埋藏了起来。而当那天借着杀猪菜馆的灯光，郑方明看到范东那条细细的胳膊时，所有的记忆一下子全都被唤醒。虽然没有任何证据，但郑方明坚定地相信，范东的危险性绝没有丝毫减弱，只是被聚拢在一团脆弱的理性周围，就像是一簇饱满的蒲公英，不需要太大的风，它们就可以义无反顾地飞向高空。

郑方明觉得，自己有必要再去看看范东了。

第二天一大早，郑方明就开车到商城，坐在了范东的摊位旁边。他手里握着杯热黑米粥，一面吮着吸管，一面盯着范东做开张前的准备工作。除了郑方明刚到时的几句招呼，范东就没再和他说话，只是慢条斯理地整理着货物，时不时犹豫是否应该调整一下某几种颜色的袜子的摆放位置。郑方明咬着粥里的硬米粒，心里盘算着要如何开口。

原本属于张娟的摊位上，现在坐着一个颧骨高耸、长着尖下巴的女人，头顶还长着一个大包，红红的，像是今天早上起床的时候太猛，撞在了房梁上。如果说张娟让郑方明感到厌恶，那这女人则让他觉得不安。她冷冷地坐在那儿，给郑方明留下一个凹凸不平的侧脸，一言不发，手里的手机放着刺耳的音乐，随着她手指的点动不断变换。郑方明就听着那声音发呆，然后忽然被范东的声音惊醒："小明，找我有事吗？"

郑方明被吓得轻轻一抖，然后赶忙收起注意力，笑了笑，对范东说："啊，没什么事，这几天单位不忙，我寻思问问你咋样，哪天再喝点？"

范东摇摇头说："最近不喝了，租金涨了，钱得省着花。"

郑方明说："东哥你说这话不是埋汰我嘛，咱俩喝酒还能让你破费？我能有机会跟你聚一聚，高兴还来不及呢。"

范东说："哪能一直你出，别跟我开玩笑了小明。"然后抬头看看郑方明，笑了。

看着范东的笑脸，三伏天里，郑方明脊背一凉，打了个哆嗦。

从那之后，郑方明又来找了范东几次，旁敲侧击试探范东的口风，可还是看不出来范东有什么情绪。有一次他壮着胆，问范东："张娟怎么样了？"范东说："不太清楚，从重新开业之后就没再来，可能是换单位了。"郑方明盯着他的脸，想从细微的表情中看出点什么，可范东就像是在评价袜子的价格一样平静。从那之后，郑方明就不再来了，倒不是对范东放心，而是他知道，范东不想回答的问题，他永远没法提前知道答案。

炎热的日子就这样慢慢过去，直到中秋节前某一天，修手表的小刘忽然神神秘秘地来找范东。

那天范东的生意格外红火，来买帽子、手套的顾客一个接一个，旁边的瘦女人瞪了他一下午，范东也只装作没看见，直到快收摊的时候，小刘过来了。

小刘用眼睛偷瞄着瘦女人，拍了拍范东的手，把脸凑到范东身边，低声开口。

"范大哥，知道那事了吗？"

"啥事？"

"你没发现，保安队长这两天都没过来吗？"

"没注意。"

"你看你，平时一点都不注重观察，我跟你说，出事了。"

小刘又回身看了看周围，跟范东说："范大哥你坐下，我慢慢跟你说，要不踮着脚太费劲。"

范东点点头，搬椅子坐下，听小刘开讲。

"咱们整个商城，我是第一个注意到这事的人。前几天我就看见，那些保安没跟平时一样，跷着个二郎腿坐那儿玩手机，而是聚在一块不知道在议论啥，我就长心眼了。趁着中午休息，我买了两包玉溪，给他们送过去了，保安队里有几个比较好说话的，我都认识，就问咋回事。这些人吃人嘴软，看在烟的面子上，就把这事都跟我说了。范大哥，我要跟你说，你千万别害怕。他们那个队长啊，让人给杀了。

"范大哥心理素质不错，这么大事没啥反应，行，我接着跟你说。一个多周之前吧，他们队长就没来上班，一开始他们还以为是请假了，也没当回事。结果过了四五天，还不见人，打电话也不接，有的关系好的就开始琢磨了，问老板是什么情况，老板说不知道。这些保安一合计，可能是出事了，就上他们队长家去找人，一去，果然，正办丧事呢。说是前天刚发现的尸体，四肢关节都被人打碎了，死的时候七窍流血，都没人样了。

"太吓人了，范大哥，你说这事能是谁干的呢？我这几天，吃不好睡不好的，就寻思好歹跟你说说，要不就得憋死。你说，这不是咱们商城的竞争对手组织的吧？能不能今天杀的是保安，明天就得杀咱们了啊？范大哥，我记得你有个朋友是干警察的，你有没有啥小道消息？跟我说说呗，要不然我总惦记。"

范东眯着眼说："我不知道这事。"

小刘说："那行吧范大哥，你要是有啥消息可一定得告诉我，要不我这工作都没法干了。"

范东点点头，答应了。

见到保安尸体的时候，郑方明脑海中出现的第一个人就是范东。

死者被扔在安邦河的河岸上，头在发臭的脏水里泡着，好像是一块很早以前就长在那儿的石头。最早发现死者的是附近早起晨练的老人，被吓了个半死，然后公园的工作人员报了警，过去检查现场的正是郑方明。保安队长的死相极惨，身上外伤无数，四肢关节都被打碎，表情因为疼痛而扭曲在一起，屎尿拉了一裤裆，但致命伤是胸口上的一刀，从刀刺入伤口的角度判断，凶手个子不高，死者的关节都是被钝器打碎的，郑方明想起了范东的那根铁管。

在见识到了"大侠"打人的能耐之后，郑方明和范东就成了好朋友。范东的一切吃喝开销，郑方明都主动承担，每到周末还带范东去游戏厅打游戏，有时候一下午能打掉几百个游戏币，郑方明从来不在乎，也从未跟范东提过什么要求。范东如果问起来，郑方明就说："东哥，我什么都不求你，就是单纯崇拜你，你在我心里，就是大侠。"这样大概过了一个学期的时间，范东有天跟郑方明说："小明，来我家吃个饭吧。"

跟范东回家，是郑方明第一次到南小市去。从出生开始，郑方明就一直住在楼房里，只有在去农村亲戚家串门的时候，才能偶尔见到火炕和泥巴路。但南小市和农村又很不一样，这里是城市的一部分，有歌厅、汽车等文明造物，却又尘土飞扬，低矮破落。

范东家住在环卫大院的入口处，在这里住着的人，大部分都是环卫局的职工，但范东家是例外，范东的爸爸本来是在矿里下井的，后来得了肺病，没法再干重活，就从矿里搬到了市里。范东的妈妈在别人家做保姆，维持一家三口的生计。这都是郑方明进门之后不一会儿，范东的爸爸讲的，过程中范东始终平静，只是当两个人拿着瓶子去小卖部换啤酒的路上，范东才对郑方明说了句："小明，我家的事，不要跟别人说。"

范东的妈妈做保姆不在家，晚饭就只有三个男人一起吃，范东做饭，郑方明就和范东的爸爸聊天。在这工夫里，郑方明观察着范东家，屋子很狭窄，灯管也很暗，但收拾得还算干净，虽然空间不大，但在角落里还是放着一个小书橱，里面摆着两排书。范东爸爸说自己虽然干不动活，但日常的打扫还是能做的，越是闲着，就越觉得心慌，所以有时候一天要打扫上好几次屋子。

饭桌上，范东爸爸一直在问些学校里的事，问范东上课专不专心，和郑方明平时在一起都做点什么，又说自己家里条件不好，要是范东有什么困难，就辛苦郑方明尽量帮一帮。他说的时候，范东一直低着头，不停地往自己嘴里扒饭，好像有点窘迫。

郑方明拍拍范东的肩膀问他："东哥，我看你书橱里有本《白玉老虎》，我早就想看，找了挺多家书店都没找着，借给我看两天？"范东从饭碗里把头拔出来，看着郑方明说："好。"

饭后范东让他爸先睡，自己要和郑方明再出去走走，然后带着郑方明去了自家的仓房，用钥匙开了门，一股浓浓的灰尘味钻进郑方明鼻子里，使他打了两个喷嚏。范东把手指比在嘴上，跟他嘘了一声，又从裤兜里摸出一个手电。借着光束，郑方明看清仓房里堆满了柴火，范东和他一起把柴搬开，角落里斜立着一根铁管。

范东跟郑方明说："小明，这就是我的家伙，以后你想打谁，跟我说。"

商城下班，范东跟小刘告别之后，没有按以前的习惯步行回家，而是沿着相反的方向往北走。

张娟的家住在一条铁路的旁边，上面是连接新兴广场和客运站的立交桥，铁路从桥下面穿过去。来往双鸭山的火车一向缓慢，经过居民区的时候，它们就会慢得像最后一天上班的老职工，晃晃悠悠，发出隐忍而失落的声音。铁路往西大概二百米的地方，有个巨大的垃圾回收点，往里走大概两间房的距离，是一间批发雪糕的小店，那就是张娟的家。

张娟出事的第二天，范东就陪着张娟的孩子，和他一起回了家。那天他们两个从医院里出来，准备回去拿脸盆和拖鞋过来陪床，两个年龄相差甚远，个子却相差无几的男人，无声地走在路上。范东在想如果自己有了儿子，现在也应该是和这小子一般年纪，如果真是这样，他一定不会教儿子打架，而是尽早把他送去学修车，或者拿点积蓄，帮他在环卫站找个扫街的工作。从范东刚记事的时候开始，那因为肺病而脱产的父亲就一直说，"袖里囤金，不如手艺在身"，这句话他一直记得，可是他一直没听懂，也没相信。

到家的时候，已经是后半夜了，高耸的垃圾山把他们俩包围在中间，不远处快要进站的火车又发出沉重的挣扎声。那孩子从屋里找出了陪床要用的东西，和范东一起往外走。沉默了一会儿，在立交桥的阴影里，孩子说："谢谢范大爷。"范东说："谢啥，我和你妈是朋友。"又走了一会儿，范东问："好孩子，你叫什么名字？"孩子说："我叫刘学成。"范东说："那我以后就叫你学成吧。"

今天范东又来到了张娟和刘学成的家，刘学成坐在张娟的床边写作业，借着立交桥上一点微弱的灯光，脸几乎要趴在作业本上。范东问："这么暗，怎么不开灯？"刘学成抬头说："我妈现在没收入了，出事之后我爸也不知道去哪儿了，家里剩的钱不多，得省着点用。"范东点点头，搬了个小马扎坐在刘学成旁边，看着躺在床上的张娟。张娟家的床是一张上下铺的铁床，没出事的时候，刘学成自己睡在上铺，张娟两口子则都在下面挤着。现在刘学成的爸爸跑了，就只剩下张娟母子，张娟自己占着一张下铺，刘学成为了方便照顾，就干脆把上铺的床板拆掉，睡在地上。

张娟挨打之后，虽然保住了一条命，但大脑受了重伤，总不清醒，手脚也几乎都废掉了，每天只是昏睡，偶尔醒的时候，就一直小声呻吟，让人不宁。刘学成还是坚持上学，每天早晚给张娟喂饭，平时就托垃圾回收点里的邻居帮忙关照，好在张娟每天醒着的时候不多，也不麻烦。

范东坐在那儿看着，总觉得好像有点什么不对劲，就又站起来，来回看了几圈，忽然想起什么，就问刘学成："你爸走了之后，雪糕摊还有人看吗？"刘学成摇了摇头。范东说："那冰柜就关了吧，也没人卖，开着也是费电。"刘学成说："不行啊范大爷，雪糕都还在里面，关了就都化了。"范东说："不怕化，咱们今天把它们全吃掉。"

于是范东就拔掉了那台大冰柜的电源，把刘学成和马扎都搬到屋外，又把冰柜也搬了出来，两个人背对着立交桥坐下，从冰柜里抓出一大把雪糕，撕开包装纸吃起来。范东吃得很爽快，三四口就咬掉一整根奶油雪糕，然后再撕开下一根。刘学成则吃得极仔细，撕开包装后，先要舔一遍雪糕的四个角，然后再平平地舔，吃到后面，还要高抬着头接住，生怕雪糕上化掉的甜水落在地上。范东说："你得吃快一点，不然剩下的那些都化了。"刘学成说："平时都不吃的，我舍不得。"

那天是个干干净净的晴天，他们两个背对着城市之光照来的方向，快到月中的圆月亮映着他们，显得两个人的脸都白白的。范东小时候总听人说"八月十五云遮月，正月十五雪打灯"，他不喜欢阴天，可是又喜欢下雪，那种心情总让他很惆怅。他从来不把这种事告诉他的朋友，那时候他觉得，产生这种念头是极其可耻的事情，他不是应该烦恼这些的乖学生，他是"大侠"。

范东说："吃吧，以后万一挺长时间都吃不着的话，今天就吃过瘾咯。"

刘学成点点头。

范东问他："除了雪糕，你还有什么想吃的吗？"

刘学成摇摇头。

范东说："我小时候，最想吃的就是猪肉，永远都吃不够。可是我们家穷啊，买不起好猪肉，就只能买豆猪肉吃，像你这个岁数的小孩，都不知道什么叫豆猪。豆猪就是有病的猪，它带了寄生虫，吃了就得病，没有人会买那种肉吃，只有我们家买。小时候过年，我妈买了半头豆猪，整整一天的时间，我们全家轮流上岗，拿着刀，一点一点地把猪肉切成薄片，把里面的'豆'挑出来，这样吃了才不会生病。但那时候的猪肉真香。嘻，他妈的，怎么跟你一个孩子说这个！"

说完了话，范东从怀里掏出一把零钱，放进刘学成怀里说："八月节，买点肉，买点水果，给你妈补充补充营养。抓紧点，别让风刮走了。"风没能刮走那些零钱，只是不断地吹着范东的头发，他揉揉肚子，又拿起了一根雪糕。

从张娟那儿出来之后，范东没直接回家，而是挑了一条狭窄逼仄、灯火昏暗的胡同，一头扎进去，在里面钻来钻去。

双鸭山的北城开发得远比南城早，在南小市还是一片低矮平房时，北边就已经盖起了大片的楼房。但繁华并不平等地属于每一个人，反而在被群楼围绕下，依然扎根在地上的那些小巷，藏着最不堪的贫穷与真实。这是范东第一次来北边的时候,就领悟到的事情,那时候,郑方明常带他来北边玩,吃冷饮,打街机,下馆子,同样的菜,在这里要比南小市贵上一倍,范东的细嚼慢咽,在这里愈发地具有仪式感。

后来,即便没有郑方明带着,范东也常来北边闲逛,只是去的地方有些不同。冷饮、街机和啤酒都让他打不起兴趣,范东自己来北边的时候,从来不会去享受它们,只是在城市角落中那些排列混乱、灰暗低闷的胡同里不断穿行,像一条泥潭里的蛇,没人和他说话,也没人招惹他,他在每一家小卖部里都买过香烟和汽水,可是没交到一个朋友。这里的少年们和南小市的很不一样,他们面色难看,好像惭愧于自己的贫穷。

转了不知多久,范东终于决定去买包烟。

小卖部里面的光有点刺眼,狭窄的屋子中间挂着几张捕蝇纸,上面粘满了苍蝇,但还是有一群虫子在围着灯泡飞。老板靠在一张转椅上,抬头对着墙角,那里挂着台小彩电,里面正在放一部很多年前的香港搞笑片。他看得很认真,手里攥着一瓶已经见底的绿瓶啤酒,时不时地往自己嘴里扔上一粒花生豆。

范东随便要了包烟,跟老板搭讪说:"我看过这部电影,挺小的时候,梁家辉演戏演得挺好。"老板说:"嗯,拍电影都是瞎扯淡,看个热闹。"范东说:"来一支?"老板说:"谢谢,不抽。"于是无话。又看了几分钟,范东转头走了出去。

出门的时候,范东的第二支烟只抽到一半,后面小卖部的灯光只照亮了门前的一小块空地。范东背对着那块亮光,嘴里的那支烟明暗闪烁，头顶的月亮显得暗淡，月光被无数土楼上架着的天线分割粉碎，面前是纵横交错、奇形怪状的黑暗，范东就对着那黑暗喊："小明，你跟了我几天了。"

不远的拐角处传来了脚步声，尽管看不清彼此的脸，但范东心里清楚，是郑方明在朝他走过来。

郑方明好像没什么精神，两条腿不紧不慢地往前挪，硬鞋底在灰地上摩擦，形成不甚聒噪但很难忽略的节奏。他说话的声音也像灰地一样，沙沙的，好像在提一件非常难以启齿的事情。

"东哥，今天没回家啊？"

"挺长时间没来这边了，过来转转。怎么，小明，有什么事要跟我说？"

"没啥事，东哥，我也是凑巧，过来这一片走走，正巧碰见你。"

"小明，既然我今天喊你出来，就是知道你跟了我多久。我是傻，但也不希望别人骗我，尤其是撒那种一看就是假话的谎。小明，我跟你认识了，嗯……多少年了？你什么时候来过这一片？今天要不是为了跟踪我，你永远都不会往这儿走一步吧？"

"东哥你这是说啥呀，我没懂。"

"小明，我不想和你打这些哑谜了，我什么意思你明白，你想干啥我也懂，但是我只能告诉你，那个保安的事，不是我干的，你要是愿意跟着我，随便，反正不是第一次。小明，你不用觉得自己欠我什么，但是你也得明白，我想干什么事，你劝不了，也拦不住。行了，我不跟你说了，从这儿走回家需要很长时间的。再见，小明。"

范东就这样好像自言自语一样地说完了话，然后慢慢走远。郑方明站在那儿看着范东的背影，心里不知道该想点什么。身后的小卖部终于关灯，店门上了锁，只剩下细碎的月光零散地照亮这条小胡同。郑方明站在胡同中间，没有哪怕一束光照在他身上。

范东只帮郑方明打过一次架。

没什么原因，郑方明那段时间就是看那个人不顺眼。在郑方明经常去玩的台球厅，那小子像是有点地位，无论是没事做整天闲逛的小混混，还是平时上课忙里偷闲去打两杆的学生，所有人都要卖他一点面子。他们都管他叫锋哥，他几年前就不上学了，也没班上，只聚了一群小弟兄，每天在台球厅里混着，偶尔去劫道赚点"外快"。

郑方明老早就注意到了他，锋哥是他最讨厌的那种人，有点江湖地位，但是流里流气的，用郑方明的话说，没什么风范。而且锋哥住在北城那一片多年没拆的脏胡同里，郑方明每次路过那一带的时候，都觉得不安，又有点嫌弃，甚至觉得恶心。如果是普普通通的胡同小子，郑方明有的是办法，比如给点钱拉拢一下，收作小弟；或者随便找几个兄弟，给他几个嘴巴，让他长点教训，少在小明哥眼前晃悠，给人添堵；实在难以对付的，就找找爸爸相熟的那些叔叔，把人收拾一通，警告几句，以后保证老实，见着自己都躲着走。只有这个锋哥，上面几条好像都不太适用，据说他之前就因为打架进去过，蹲了好几个月，结果前脚刚出来，后脚就拿磨尖的螺丝刀，给了仇家后背两刀，然后打车送人家去医院，自己再去自首。这样的狠角色，郑方明不想亲自去惹他。

可自打锋哥来了之后，每次打台球，郑方明就永远抢不着自己想要的台子，锋哥走到他旁边吐口唾沫，他就得灰溜溜地给人把窗边的球台让出来，郑方明觉得自己失去了尊严，就连跟他一起玩的小弟，都在背后嘟囔他有点废物。这样下去，朋友里很快就会传开，郑方明被脏街的一个小混子给降住了，一点面子都没有。这样的事，郑方明接受不了。

郑方明愁了几天，终于决定去求求"大侠"。

范东对打架之类的事，从来都不愿意拒绝，他接受委托后，郑方明就跟锋哥下了战书。那天很巧，只有锋哥一个人在台球厅里待着，对高中生的约战，他有点瞧不起，就抬腿踢了郑方明的肚子一脚，说："你他妈是不是闲得难受，跟我在这儿找病？滚犊子，以后别让我在这儿看见你。"郑方明跟跄了两步，但硬是站稳了，没摔倒，刚准备回嘴，范东倒提着铁管从台球厅门口走进来。锋哥正抱着膀子，还在想着有什么好点子用来奚落郑方明，范东的铁管就直接砸爆了一张球台上面的挂灯。

"你，叫什么锋是吧，出来。"

那天的打架过程其实没什么好说的，范东在和人斗殴方面是绝对的天才，而且风格多变，不拘一格。锋哥抱着膀子刚迈出台球厅的门槛，范东就一管子砸在了他的肩膀上，然后就是单方面的殴打。锋哥在地上打着滚，浑身都是泥土，只能竭力躲闪范东朝脸踩来的脚。打了五六分钟，郑方明说："行了东哥，给他个教训就得了，咱们撤吧。"

范东在嘴里攒了口浓痰，对准锋哥的脸吐了过去，然后拍拍裤子走人。可没走出两步，锋哥忽然拧着身子爬起来，从屁兜里掏出一把尖头螺丝刀，紧接着连滚带爬地扑过去，一刀刺在了范东的大腿上。

范东晃了晃，没出声，但还是软了一下。郑方明看见血从范东的腿上涌出来，上去对着锋哥的肚子来了一脚，说："打不过就偷袭是吧。"范东转过身，拍拍郑方明的肩膀，把他拉到一边，郑方明还在叫骂："东哥你别拦着我，我把他的脑袋卸下来，给你出气。"范东听郑方明这么说，转头看了他一眼，忽然咧嘴笑了，那是郑方明第一次看到范东的那种笑，困扰了他将近二十年，时不时就会出现在噩梦里的那种笑。

然后，他看见范东抄着那根铁管，仔细瞄了半天，终于对准锋哥的眼眶，狠狠地压了下去。

郑方明又一次被那张鲜血覆盖的脸惊醒的第二天，公安局接到了商城老板失踪的报案：在老板回家的必经之路上，有人发现了一辆空车和一个脑袋被打得稀烂的司机。因为老板是本市著名的企业家，这次调查的力度比上次保安事件大了不少，上面下了命令，从上到下整个公安系统都必须拿出干劲，力求要救活的，不能让家属们等来悲剧的结局。郑方明一面按命令整理资料，寻找可能的线索，一面又在心中涌起强烈的预感，这些恐怕都是徒劳，能找到的，应该就只有一具冷冰冰的尸体。可偏偏找了将近半个月，活的死的，就是找不到人。郑方明想去找范东，可他在心里盘算了无数次，怎么算范东都没有脱离他的监视去绑架老板的时间。比起工作职责，郑方明更充满对真相的好奇与不解。他焦虑着，推演了无数种可能，可是他没想到，当他已经濒临崩溃的时候，答案会自己赤条条地跳到他面前。

八月十五，中秋节。

那天从早上开始，就一直下着绵绵的小雨，郑方明把办公室里所有的灯都打开，却还是觉得暗。坐回椅子上，耳边雨声不绝，他心绪不宁，想梳理一下商城老板失踪案的细节，却总是写错字，笔记本上画满了一个个黑色的涂改过的圆。就在那时，同事在门外大声叫喊："头儿，刚才接了个电话，有人说知道最近那几个案子的凶手是谁，还说要自首。"郑方明的心剧烈地跳了一下，那些惹人心烦的雨声，忽然一下子就听不见了。

在跟踪范东到这里之前，郑方明从来没来过这个垃圾回收点，他无数次开车经过立交桥，可从来没往下面看过一眼。他不知道这儿还住着好多户人家，还有一家雪糕批发店，这家小店里住着一家三口，其中的女主人和他的朋友范东在相邻的柜台卖货。而在那次胡同里的对话之后，郑方明也就不再跟踪范东，在他的印象里，那天范东过来，除了跟那个叫刘学成的小子一起，吃了一大堆雪糕之外，没干什么特别的事。郑方明想不通，今天范东为什么要打电话，把他们一大帮警察叫到这里来。想着想着，他忽然又暗暗祈盼，也许那通电话根本就不是范东打的，自己这段日子以来的担心，完全是杞人忧天。

这里还是那么黑，郑方明从腰包里拿出手电，带着几个同事往垃圾回收点的深处走。他们的两侧，是堆积如山的废纸壳，经过长时间的雨水浸泡，那些废纸壳散发出一股轻微的霉味。有个年轻的小警察打了好几个喷嚏，郑方明回头看他一眼，那个小警察搓搓鼻子，低下了头。郑方明把头转过来，绕过前面一人多高的塑料瓶堆，手电的光向前面照去，一个矮小而笔直的身影就站在那里，是范东。

范东看见郑方明他们，脸上开始有了点笑容。他抖抖胳膊，把两个拳头都握起来，抬到腰间，有点像是要扎个马步，这动作让他整个人看起来呆呆的，可郑方明却完全紧张起来，手已经摸上了腰间的手枪。

范东笑了两声，对郑方明说："小明，干吗这么紧张？怕东哥揍你？放心吧，我跟小时候不一样了，举手是方便你铐我。"

郑方明向身后使个眼色，自己走到范东身边，给他上了手铐。在铐范东的过程中，郑方明皱着眉一言不发，可范东的心情似乎比他轻松得多，在某个瞬间，郑方明甚至听到了范东在轻声哼着歌，这在过去是从来未曾出现过的事情。

上好手铐之后，范东就说要带警察去指认现场。

先是张娟家的雪糕店，里面没开灯，张娟似乎已经睡熟了，连呼噜声都没有，可刘学成却没在屋子里。郑方明心里有点犯嘀咕，忽然听见了那台大冰柜发出嗡嗡的制冷声，他发现是哪儿不对了。那天他跟踪范东到这儿，亲眼看见范东拔掉过冰柜的电源。

范东说:"劳驾,把那冰柜掀开。"

小警察在收到郑方明的示意后,掀开了冰柜的柜门,拿手电筒一照,商城老板双眼圆睁,僵硬着躺在里面。

范东说:"这个不是我杀的,我杀的在外面。"

范东又领着他们出门,走到那几座堆得足有三四米高的废纸壳山边上,七拐八拐,走进了一条不起眼的缝隙,在那里,一个壮壮的少年跪在地上,背对着他们,已经断气了。

范东一笑,给郑方明指了指刘学成,说:

"喏,小明,你要的凶手。

"你知道吗小明,这小子,真像小时候的我。

"才十三岁,他能扛着一个一百好几十斤的大人,走一里多地,然后再慢慢地把人家的胳膊腿都打碎了,装进冰柜里。

"深仇大恨,深仇大恨哪。人都那样了,还得扔进冰柜里慢慢冻死,这是为他妈报仇,我觉得他挺有骨气的。

"这小子脑子不差,没什么家伙,就把自己家床拆了,把床上的铁管卸下来当家伙。动手就更厉害了,我十三岁那年要是遇见他,都不好说谁是谁的对手。亏得经验丰富点,才没折到他手上。

"说心里话,我挺喜欢这孩子的,要是我自己有儿子,我都希望能像他这样。

"但是啊,人不管说什么话,做什么事,都必须付出代价,你明白吗小明?我弄残了人,就应该蹲监狱;老板打人,就应该被冻死;学成杀人,就得偿命。

"从监狱里出来之后,我话比以前更少了。在商城卖货的时候,别的售货员都一顿胡吹,恨不得把他们卖的那些东西夸出花来。我从来不敢,你说我要是也那么吹,卖给人家了,回头人家用得不好,回来找我负责,我咋办呢?人得对自己说的话、做的事负责,小明,我活了这么多年,就明白这么一个道理。

"敢作敢当,小明,你东哥一直都是大侠。"

范东说完这最后一句话,就又把腰板挺直起来,仿佛此刻所在的位置,已经不再是雨中的垃圾场,而是他自己的法庭,他既是法官,也是凶手,可他已不打算为自己做任何辩护。

郑方明深吸了一口气,又长长地吐了出去。

他对同事说:"带走吧。"

两个警察一左一右押着范东,往警车方向走。那时候天已经完全黑下去了,可雨还是没有停,郑方明抬头看了看,想着如果今天是个晴天,天上该有很大很大、很圆很圆的月亮,可他现在盯着,却什么都看不见,天空和废纸壳是一样的颜色。一下子,郑方明忽然莫名其妙地想到,以前遇到这种闷闷的小雨天,范东的脸上常常会出现一种失落的表情,那表情放在这位"大侠"的脸上,总显得特别格格不入。

郑方明把目光从天空中收回来,看着范东被押着走远,怎么都想不起来,最后一次看到范东那样的表情,到底是在什么时候。

第二部分

在不是家乡的地方

小赌

直到我遇见垂杨柳的十五分钟前,我还在犹豫,今晚到底要把茉莉带到哪里去。

那时茉莉显然已经醉了,她抓着我的手腕不住摇晃,缠着我继续酒局上的游戏。她甚至都已经抓不稳骰盅,我们只能用猜拳来决定胜负,然后再炫耀自己半真半假的过去,谓之"真心话"。在几分钟前她刚刚讲完她的第一次,在南方的小旅馆里,她的颤抖,前男友的安慰,以及事后他们光着身子在手机上点夜宵,她点了奶茶,前男友点了皮蛋瘦肉粥。

我觉得在酒吧里,一个年轻女人闭着眼睛大喊"皮蛋瘦肉粥"的样子实在有些好笑,又有点可爱,就用双手捧着茉莉的脸,说:"你前男友一定没和你一起喝过酒,否则没人会愿意和这么可爱的女孩分手。"这是句漂亮话,可惜茉莉没怎么听清,还是抓着我晃啊晃,说:"快点,继续玩,我把我的都讲了,我要听你的第一次。"

她说的时候我和她都知道,我们现在聊的不是第一次,而是这一次。

于是我问她："你家住在哪里？太晚了我送你回去。"她咧嘴一笑，说："坏人，我知道你想干吗。"她的手指点在我的眉心，经过鼻梁、人中、嘴唇和下巴，充满诱惑，我几乎都要爱上她了——我凑着脸亲上去，她却继续下落，落在我腿上，软成一团，然后狂吐不止。

在至今为止相当长的一段时间里，我都笃定自己拥有一种能力，就是在不大的群体中，迅速成为最引人注目的那个。我会说很漂亮的话，也会做让旁人觉得很漂亮的演出，但拥有这种能力的同时，我对其他的很多事情都极不擅长，比如处理一个趴在我双腿间呕吐不止的女人。

我用力拍着茉莉的背，反复问她吐好了吗，与关心无关，我只想把她推开，然后尽快扯几张抽纸擦干净我的腿。此刻她显得完全不可爱，我嫌弃着她的酒红色大衣和棕色长靴，觉得没品位的人才会把这种东西穿出来，才会在刚刚认识的男人身上大吐特吐，又指责自己该早些察觉，在她呕吐之前就早早回家，避免落入这种窘境。

酒吧老板帮我把她扶到了洗手间，我用手接了些清水，一面擦我腿上的秽物，一面拍着茉莉的脸让她张嘴漱口，在烦心的时候，我完全不是个温柔的人。回到座位上的时候，老板已经擦干净了地板，他对这样的事情见怪不怪，只有邻桌的酒客时不时地往这边扫上两眼，好像我是个善于迷奸的急色小人。茉莉紧闭着眼睛，偶尔发出剧烈的喘息，又紧皱起眉头，手死死抓着我的外套，仿佛担心我随时抛下她跑掉。

我结了账，架着她走出酒吧，外面是一条短短的胡同，抬头就可以看到鼓楼，灯光铺陈开，遮盖住月亮和星星，路面光洁，没有一点积雪。一个中年女人牵着狗走过我面前，她捂得严严实实，走得不疾不徐。狗低着头，如同一个本地的老派绅士，特别闲适得意。她们的嘴里都没有吐出白气，也没有看我们一眼，我和一摊烂泥般的茉莉站在路灯下面，影子扁扁的。我看看遛狗的女人，看看狗，看看茉莉，感觉自己是在场四者中处境最差的，就眼也不眨地盯着她们，直到她们转弯进了另一条胡同，消失不见。

在那一刻，我想把茉莉扔在这里，回到家里脱得一丝不挂，大嚼两袋膨化零食，然后一觉睡到明天中午，反正北京和我的家乡不同，在这里，被扔在地上的人永远不会被冻死。但茉莉忽然抽泣起来，这让我不得不打消这样的卑鄙念头。我扶着她坐在路边的长凳上，敞开外套把她包裹住。她却越哭越凶，把脸埋进我的毛衣，眼泪、鼻涕和口水都在我胸前混合。

网约车到的时候，我和茉莉的姿势很不雅观。因为怕冷，我把双手都放进外套口袋里，坐得笔直。茉莉哭得累了，又昏睡过去，头已经滑到了我的胯间，一动不动。我想如果有人在正面看，我们两个一定特别像一个小写字母"h"，如果还有人路过的话，他们不免产生种种下作的联想。可用良心发誓，我只是担心茉莉再一次呕吐，如果发生的话，我真的会抛下她自己回家，要不然我一定会按住她的头，让她在我的腿间、自己的呕吐物里窒息而死。

万幸我们在她产生新的变化之前上了车,司机把车停在我们面前,下车,快步跑到我身边,把茉莉扶起来架在自己肩膀上,说:"哥们儿,快点开门上车,在外面冻半天了吧?你对象的手冰凉,你也不说给焐着点。帮我开下门,你从那边上。"一口东北口音。

车上我让茉莉倚在车窗上,自己靠在另一边,如果说刚才像个小写的"h",现在就像个大写的"M"。我沉默不语,前排的司机开始和我搭话,说:"哥们儿咋啦?和对象吵架了?"

"为什么这么说?"

"这还不明显吗?你看你俩坐那么老远,她还喝成这样,你也抽抽个脸。"

说完他自顾自地笑起来,我不喜欢他的态度和无知,谁带女朋友跑到酒吧里喝酒?但我喜欢他的用词,"抽抽个脸"在北京是很难听到的。

"不是我对象,一个朋友,刚失恋,喝多了。大哥是东北的?"

"嗯,在北京开车,老家黑龙江的。"

"那咱俩是老乡。"

我把车窗摇下来三分之一,风吹过来,有点清醒,但又被外面的灯光照得想流眼泪。我扭过头来,从后视镜里看司机的脸,挺瘦,腮帮子瘪瘪的,头发有点长,但不乱,似乎刚修过,整体一看,还蛮精神。我盯着后视镜反复端详,总觉得熟悉,就往前探着身子与他搭话。

"大哥是黑龙江哪儿的?双鸭山的吗?"

"是啊,你咋知道呢?"

"那你大名,是不是叫刘柳?"

如果说我的童年时代有崇拜过谁的话,刘柳一定是其中一个。他是他们老刘家最小的孩子,他大姐叫刘榆,据说她出生那年,他家门前的榆树结了特别多的榆钱,让他家度过了一整个夏天。后来跟着他姐,老刘家的几个孩子,也都按树名来排,他二哥刘杨,三哥刘松,到了他出生的时候,东北常见的树种都已经用得差不多了,就给他起名刘柳。

刘柳本人不喜欢这个名字,说太女气,还有人给他起外号,"小柳""鸡柳"地叫,所幸他拳头硬,还有两个哥哥,打了几架之后也就没人敢当面胡喊,但他还是不喜欢自己的名字。直到《水浒传》出了电视剧,演到鲁智深倒拔垂杨柳,他才高兴地跑出家门,把我们每个人都叫出来,围成一圈,他站在学校墙根,然后利落地爬上学校的院墙,手叉着腰说:"以后我就叫垂杨柳,你们都这么叫,从宋朝往后,能治得了我的,除了鲁智深,再也没别人了。"

这就是刘柳,垂杨柳。

垂杨柳打小时候开始,就一直是我们那群孩子的核心,他身上似乎有一种未被驯化的蛮荒韧性,让他毫无道理地在我们熟悉的街区生长着。我常回忆起小学放学的时候,他总能第一个跑出学校:在放学铃响的那个瞬间,他就可以背上书包跑出教室;放学铃结束,他就已经叉着腰站在墙头上。然后我们慢慢如潮水般涌出来,走到他旁边抬头喊他下墙,他才和我们一起回家。春秋季节昼夜长短合适时,他还会在墙上昂着头等太阳落山,把我们装进他笔直而修长的阴影里。

我爸妈不喜欢垂杨柳,大院里所有的爸妈都不喜欢垂杨柳,包括他自己爸妈。刘大爷和刘大娘是一对老实人,从我记事开始,他们就在经营馒头店,一直干到大院拆迁。刘大爷个子不高,总是把头发剃得很短,说害怕头发落在馒头上,别人看了恶心。他话很少,夏天男人们坐在小卖部门口,光着膀子喝酒的时候,他总不上桌,坐在稍远的地方抽烟,时而跟着笑几声。他也从不和人红脸,唯一能让他发脾气的,就是垂杨柳又惹了新的祸事出来。我常在晚饭后看见刘大爷追着垂杨柳跑,等他跑累了,就蹲在地上生闷气,垂杨柳站在不远处紧张地盯着他,抽空咬一口手里的馒头。我小时候看垂杨柳那样吃,总觉得特别香,难道吃馒头的时候,不就着咸菜反而味道更佳吗?后来我试了一次,太难吃了,可能是我爸没追着我跑的缘故吧。

尽管垂杨柳不讨父母的喜欢,但哥哥姐姐都疼他。每次他大姐刘榆回大院,都带着他去小卖部买一堆零食,我忒羡慕,垂杨柳也大方,每次买了零食都把我们叫在一起分着吃,后来我们盼刘榆的心情,比他自己还要迫切些。但刘榆带来的诱惑,和刘杨、刘松是比不了的,我们这一帮独生子女,最羡慕的无非就是有个哥哥给撑腰,垂杨柳竟然有两个,老天实在不公。我有时想，是否我从小到大常常感受到的孤独，究其原因是我没有兄弟姐妹呢？也不尽然，尽管我后来往往孤身一人，但我的童年时代确实是有人陪伴的，那个人就是垂杨柳。

垂杨柳是个特别会玩的人，而且无论玩什么都很有天赋。夏天弹玻璃球，他一天赢一口袋；冬天抽尜（一种玩具，两头尖，中间大，用鞭子抽打。东北地区流行抽冰尜），他能气得其他孩子把尜鞭都扯断。就连和老头下象棋他都能赢，有次差点把一老头给气晕过去，闹得人家儿女找上门来，刘大爷又在院子里追了他一夜。垂杨柳就是什么都玩，什么都赢，但他又对胜利的成果毫无兴趣，无论赢到什么，都分给朋友。我就跟着他占便宜，乐此不疲。我爸妈知道了，往往皱着眉头劝我，说垂杨柳不爱学习，让我少跟着他一块瞎玩，我如果顶嘴，还会给我一筷头，但也只是劝劝，并没有真的禁止我和他一起厮混。直到那件事之后，我才被家里彻底禁足，不和垂杨柳来往。一直到我们家搬离大院，住进楼房，我和垂杨柳都再也没在一起玩过，连话都没有说上几句。

茉莉在我家醒来的时候，已经是下午三点多了。她扭着身子从床上坐起来，大衣上还带着好多昨天呕吐的痕迹。我坐在窗边的椅子上，抱着一只膝盖看着她，心里想着阳光这样照在我脸上，一定显得侧影特别立体。八通线地铁从窗外低低的轨道上滑过去，声音沉闷悠长。

茉莉重新躺回了床上，又点燃一根烟。

可能是看着地铁轨道发呆了很久的缘故，我的心此刻完全平静，茉莉昨晚吐在我腿上的事，都变成了一种默契的情趣。我看了一眼外面，阳光已经有些刺眼，就干脆离开窗边，躺在茉莉旁。一起愣了好一会儿，我们开始有一搭没一搭地聊天。

"我记得你昨晚说，你是东北人？"

"是，黑龙江。你是哪儿的来着？我昨晚也有点喝多了。"

"广东的，和你一个最南一个最北。"

"这你可别瞎说啊，咱们国家最南的是曾母暗沙，都快到赤道了。广东到赤道了吗？"

"你们东北人是不是都很喜欢这么耍贫嘴啊？"

"我不知道，我觉得你不太像广东人。"

"广东人什么样？"

"肯定没你这么白，更不可能有你这么漂亮。你应该生在一个特别暖和，但没有蚊子的地方，夏天你站在阳台上往外晒白袜子，楼下一队十五六岁的小崽子骑着自行车打你窗台下溜过去，抬头看你，却不敢吹口哨。你就应该那样。"

"什么嘛，你这话我没法接啊。"

"那你就别接，听我给你讲。昨天晚上带你回家的时候，我遇见一个很多年没见的朋友。这次偶遇让我想起很多以前的事。我昨天给你说了吧？我是个拍短视频的，都是些没趣味性的东西，就不给你看了。但我大学时候最想做的事是拍电影，大二那年，我们大学隔壁那条街的民房，全都为了扩建拆掉了，我和朋友们就去拍，拍了一整个寒假，什么乱七八糟的素材都有，最后拍到一条特别意识流的片子：坐公交车的时候，我们遇到一对情侣，他们在车上吵架，从上车吵到下车，我们就拿起手机对着他俩拍，外面是正在拆房子的挖掘机。素人演员，手持拍摄，一镜到底，整个寒假，就留下那么一条，我们给它起名叫《爱情》。"

讲到这儿，我顿了顿，扭头看向茉莉，脸向她凑上去。她眯着眼睛笑起来，用手堵住我的嘴，说："别来这套，我又不是没听过花言巧语，你少拿这套糊弄我，昨晚你灌我酒的时候，我就知道你不是个好人。"我说："我什么时候灌你酒了？冤枉好人嘛。"她说："你是好人吗？那好啊，好人陪我去逛街吧，我头疼得不行，需要吹吹风。"我说："你的大衣还脏着呢，就这么出去多破坏形象啊。"她说："那你给我找一件。"我给她找了一件黄色外套。

上地铁的时候，茉莉忽然说要去逛公园，她说："今年工作特别忙，我还没赶上去一次公园呢，北京最好玩的就是冬天的公园。"我说："你喜欢这个啊，那在北京干吗啊，去黑龙江，黑龙江冬天的公园才好玩呢。"她说："有什么好玩的？"我说："你早上八点进园，坐到晚上六点，一个人都看不见，好玩吧？"她说："你少糊弄我，公园怎么会一个人都没有？"我说："因为人家不傻，都他妈知道冬天公园里冷。"她眯着眼睛笑，说："我明白了，你不光是个坏人，还是个贱人。"我眯着眼睛笑，把耳机扣在头上，抓着地铁扶手摇摇晃晃。

到后海的时候，太阳都快落了，茉莉裹住我的黄外套，转悠着往前走。

她说:"我也给你说说。我大学的时候就喜欢写诗,那时候我交了个男朋友,是唱歌的,比我大挺多,他说我写的诗里面藏着一个世界,他还说他要把我的诗都写成歌,唱给所有人听。我想想自己那时候确实挺傻,听了他的话之后连课都不上,天天就待在宿舍里,写啊写啊写,到最后连饭都顾不上吃,什么都写,连苍蝇我都写过几首,结果呢,我捧着一大本诗去找他的时候,找不着他人了,我傻了,那段时间就跟废了一样。一直过了大半年,我同学告诉我,他在一个酒吧里演出,我偷偷去看,唱的什么东西,可我还是哭得稀里哗啦的。他唱了好多首,直到最后一首唱完,他说这首歌是他自己写的,送给他今生最爱的人。当时我还幻想呢,他是不是有什么苦衷才离开我的,然后一直忘不掉我,还给我写歌,我特别感动,眼泪止不住。一直到随着底下起哄,一个女人上去了,看着比他大好多,他们俩就在台上接吻,我才知道,我就是个大傻瓜。哦对了,你猜,那首歌叫什么?"

我低着头,不准备回答她的问题,显然她也不需要答案,她只是走过来,搂住我的脖子开始吻我,很投入地吻着。我睁着眼睛,看见湖面上倒映着的太阳渐渐暗淡,最终消失不见,忽然想起那年,我和垂杨柳的冒险,也是在这样的一个黄昏开始的。

"兄弟,你是?"
"我呀,梁子呀!你不认得我了,垂杨柳?"
"哎呀,兄弟,你看我这眼神,你咋留了这么长的头发呢?"
"懒得剪。咱俩有年头没见了吧?我都不知道你在北京开车。"

"哦,开了三年了。你做啥工作呢,在北京?"

"我啥都干,乱七八糟干点杂活,也是赚个辛苦钱。我刘大爷刘大娘挺好的?"

"啊?哦,挺好的挺好的。"

"你哥你姐他们也都挺好的吧?刘榆是不是孩子都不小了?"

"哦,是。"

"抽烟吗,垂杨柳?"

"谢谢兄弟啊。"

"你看你和我还客气。"

…………

"从前面那个路口右拐,停在第一个楼门口就行了。上去坐会儿不?"

"不了不了,这也不早了,你赶紧陪弟妹休息吧。"

"看你,真不是我对象,就是一个朋友。"

"用我帮忙吗?"

"没事,也不重。咱俩留个微信,真没想到能遇见你,我特别高兴。"

"要不算了吧,我平时跑车忙,微信玩得不多。"

"你这说的什么话?加一个,在北京能遇见你太不容易了,快把你手机拿过来。"

"我真不玩那个,要不给你留个手机号吧。"

"你看你,那也行,给我我给你打一个。"

"过来了。"

"好嘞。今天太晚了，我还得拾掇她，下次有空了，咱俩好好喝点，我总记得咱们那年一起出去的事，可惜后来就一直见不到你，直到现在我还总能梦见你呢。等你闲了，咱们一定好好叙叙旧，给我讲讲你这些年都干吗了，我总觉得你小子这些年肯定老精彩了。"

"快回吧，外面冷，别给人家小姑娘冻着了。"

"没事，那咱们就说定了啊，走了兄弟，下次见！"

"啊，下次见！"

北京下今年的第二场雪那天，茉莉发微信给我，是十几张雪景的照片，然后问我："你来吗？"

于是我穿戴好厚衣服，出门找她。一下午的时间，我们就在胡同里漫无目的地乱走，我给她讲些北方冬天的事，都是些常识，例如热蘸的糖葫芦，黏牙的大块糖，还有东北式的打雪仗。

"高中，有一次下大雪，全校学生在操场上打成一团。我偷偷跟着班里的一个女孩，趁她到一个雪堆旁边的时候，我搂着她的腰把她扔进雪堆里，然后一直往她脸上踢雪。谁知道她哭了，我为了哄她，就请她喝奶茶，谁知道后来她竟然喜欢上我了，哎，魅力呀。"

"你怎么什么话都能扯到吹牛上啊，不讨人喜欢。哎，你是不是谈过很多次恋爱呀？"

"还成，没你想的那么多，也没正人君子那么少。"

"谈恋爱多少和正人君子有关系吗？那你第一次恋爱什么样？给我讲讲。"

"不讲不讲，那有什么劲。抽烟吗？"

我拢着手给茉莉嘴里的烟点燃，然后从烟盒里弹出一支，让它在空中画出一条优美的弧线，用嘴接住，背身点着。那时候学这动作花了我好长工夫，但垂杨柳只演练了两次，后来就再也没失败过，我总能想起他得意的样子。

那两天，我们好像一直是得意的。

在往后的这些年中，我似乎再也没能找到那种得意。那天傍晚，垂杨柳装着一裤兜的钱疯跑，我紧跟在他身后，上气不接下气。我们跑进一家小卖部里，买盒子最漂亮的香烟，大人们最常喝的大绿棒子啤酒，还有成袋的熟食鸡腿，然后坐在路边，用牙把瓶盖咬开，一口肉一口酒。

垂杨柳说："梁子，你还有什么想做的事，赶紧，咱们现在有钱。"我想了想说："有，我想去游戏厅。"垂杨柳说："早说，走，我带你赢游戏币去。"一个小时之后，我们端着一盒子游戏币出现在桥上，尖叫着把它们一枚枚扔进河里。阳光斜斜地照在河面上，绚烂，却无力刺伤我们的眼睛。垂杨柳忽然大喊："快，梁子，咱们去坐公交车，看能坐到什么地方去。"

于是我们又登上一辆从未坐过的公交，直到终点站。跳下车的时候，天已经漆黑到对两个中学生来说有些危险的地步，但我们浑然不觉。周遭是一片完全陌生的田野，四周是横七竖八倒了满地的玉米秸秆，除了头顶的星星，只有远处的几户人家散发出光亮,借着微光,我们看到,在公路边上还有一条无限延伸的铁轨,再往远看,好像是一条隧道。路边还立着一块锈迹斑斑的牌子,提醒着是公交车把我们带到了这里。垂杨柳点着打火机凑上去,牌子上面依稀写着"双鸭山锅炉厂"。这条公交线,应该很快就会取消了吧,我想。

垂杨柳提议我们往那几户人家的方向走,我没意见,我向来是跟着他走的。沿着铁轨往前,垂杨柳学着电视剧里的帅气特工,把烟弹进嘴里,第一次,落在了地上,落在雪地里,啪嗒一声;第二次,准准掉进了他的嘴里,他嘿嘿笑了两声,把烟点着。垂杨柳说:"梁子,你长大了想干啥?"我说:"不知道,可能想当警察,我想坐在车斗里上街。"垂杨柳说:"那太没劲了,只有东北还有这种破车,我觉得咱们应该去北京,去上海,甚至去美国,在那儿找一个外国老婆。上次我跟我奶奶说:'给你找个白种人当孙媳妇儿吧。'给她乐的,哈哈。"我说:"你肯定没问题,你打扑克都能赢这么多钱,我是够呛,过一天算一天吧。"垂杨柳说:"小事,等哥们儿牛了,还能不带你吗?"我说:"你今天来的时候,带了多少本钱啊?"垂杨柳说:"不瞒你说,我一分钱都没带,今天过来,就是奔着赢钱来的,第三十二中那几个打牌的,我太了解了,废物点心。"我说:"你胆真大。"

这么聊着,几户人家就在眼前了。

啪嗒。

茉莉学着我的样子,把烟扔起来,想去接住,结果掉在了地上。她抱怨了一句:"怎么这么难啊?"然后把手指拢着护在鼻梁上,用哈气暖着。我搂住她的肩膀,说:"冷了吧,不逛了,咱们去吃饭吧,请你吃火锅。"她没看我,只是点点头,我们朝着胡同口走,胡同外面,饭馆的招牌闪烁,好看。

我常常规劝自己,应该铭记,人生中的绝大多数时间都是重复而无意义的。读书、工作、吃饭、如厕,规律性的活动让时间成为大量垃圾行为的载体。但总有少部分特别的时刻,因为某些事的发生,或者人为赋予的意义,让我们在记忆中保留了它们,而没有轻易地流逝。就像茉莉不会忘记潮湿的南方宾馆、皮蛋瘦肉粥和初夜,而我不会忘记那天大把的纸币、坐火车离开双鸭山以及少年时代的终结。这些时刻由于事件而被赋予了特殊性,这种特殊性有时面对个人,有时面对群体,有时甚至会成为一个时代的共同记忆。比如,当很多年后我们回忆这个冬天,可能很多人都会这样来形容——肺炎。

今年过年,我照例用"买不到票"的借口留在北京,但还是去了趟火车站——送茉莉。当时关于新型冠状病毒的消息已经传得很热闹,火车站周围满是大包小包和装束各异、口罩式样也各异的乘客,我和茉莉低着头,走在阳光下面,人流之间。

我们走下天桥,茉莉问:"箱子重吗?"我说:"要是我都拿不动,你就更别想了,多余一问。"茉莉说:"那还不准我关心关心你了?"我说:"我就不明白你们女的,为什么就回家一周的时间,也非得带这么多东西。你们广东不是可暖和了吗?犯得着带这么多衣服吗?"茉莉说:"女生都爱漂亮啊,我不多带点,哪知道到时候想穿什么。不懂女人,直男。"我说:"不是直男也看不上你。"茉莉说:"你说什么?"我说:"没事,口罩憋得难受。"

送到进站口,她接过箱子,摆手说:"你回去吧,人多,待的时间长了也不太安全。"我说:"不差这一会儿,看你进去了我再走,本来预想着和你吻别一下的,摘口罩亲完嘴再戴上太麻烦了,咱们俩在心里送别一下,就当吻过了吧。"茉莉说:"谁想和你吻别?你快回家吧,别盯着我看,还怪舍不得的了,快走。"我说:"那拜拜啊。"

刚上地铁,茉莉发过来一条微信:"找到位置坐下了,我睡一会儿。"我回一条:"已经开始想你了。"她回我一张网红小孩翻着白眼的表情包。我没再回,正准备把手机放回口袋里,想了想,又翻开手机里许久不用的通讯录,给垂杨柳发了一条短信:"最近闹肺炎,据说传染性特别强,你开车接触的人多,戴个口罩,注意点。"

过了五分钟,垂杨柳回我:"谢谢啊,兄弟。"我回:"今天晚上别跑车了,咱们哥俩找地方喝点。"垂杨柳回:"不了兄弟,我回双鸭山了,咱们改日再聚。"

把手机锁屏,我忽然有点惊讶于自己刚才的强硬,为什么我会直接命令似的,要他来和我一起喝酒呢?我想证明些什么吗?在曾经我们俩的相处中,向来是他在做决定。

冒险之旅的第一个晚上,我们住在了一家陌生又偏远的饭店里。

垂杨柳和我沿着铁路，走到几户灯火前时，几乎是毫不犹豫地走进了那家砂锅店。店里一对老夫妻，在看中央台黄金档的电视剧，剧里的男人慷慨激昂，说要让全村都过上好日子，老头看得津津有味，屏幕上雪花翻滚。

垂杨柳从桌子上拿起菜单，正反翻了两次，随便点了两个炒菜，两份砂锅，外加几张烙饼。老太太有点不耐烦，问："你们的大人呢？这么晚自己跑外面吃饭？"垂杨柳说："这个你别管，我给你钱不就完了。"说完从口袋里抽出几张十块钱，甩在桌子上，老太太便闭了嘴。

我们都饿了，烙饼上来之后就开始狼吞虎咽。等填满了肚子，我又开始忧心起来，就问垂杨柳："咱们吃完了，咋回家呀？"垂杨柳说："还回什么家，今天都这么晚了，怎的也得在外面住了。你别总惦记这些事，钱还够花呢，你就安安心心跟我走，啥都给你安排明白了。"我说："能行吗？那咱们今天睡哪儿啊？"垂杨柳说："你就是毛病多，来，再喝点酒，晕晕乎乎的，趴桌子上对付一宿就得了呗，明天再接着玩，来，我给你拿。"说着话，垂杨柳从角落酒箱子里自己拿出两瓶，用牙咬开，递给了我。

第二天是一个特别晴朗的日子，老太太挥舞着苍蝇拍，大声吆喝，把我们叫醒的时候，外面一片云彩也看不到，阳光毫无遮拦，玉米秸秆被照出一种久经风霜的色彩，远方山峦的曲线显得柔和，成群的灰色的麻雀落在铁轨上。

垂杨柳伸着懒腰走出砂锅店，我揉着眼睛，问："今天咱们去哪儿啊？"垂杨柳揉了揉嘴唇上方，当时他那里已经长出了一层细细的绒毛，他左右扭头，看着我们来时的路和即将要去的方向，我觉得他有点像昨天电视里那个乡村演说家。忽然他拍了拍手，跟我说："走，咱们去坐火车。"

大年初一那天，和我妈视频的时候，我问起了刘柳。

"你记不记得我小时候有个朋友，叫刘柳的，他现在啥样了，你知道吗？"

"那我咋能不记得，不就是把你拐走的那个吗？他姐刘榆，现在就跟咱们住一个小区。"

"是吗？我咋不知道这事呢？"

"你知道啥，你都几年没回来了。我看你都找不着咱家门在哪儿了。"

"那刘柳，过年没去他姐家串门吗？"

"串啥门啊，据说刘柳前几年在外面耍钱，欠了一屁股债，据说得有十好几万，跑没影了。"

"啊？真的假的啊，别是别人瞎说的吧。"

"他姐夫亲口跟我说的，那还有假？后来问刘榆，还不承认呢，也不知道这样的弟弟还护着干啥。"

"那你咋没跟我说啊？"

"我不乐意提他，从他小时候我就看不上他，跟个野孩子似的，也不随他爹他妈点好，得亏后来搬走不让你和他玩了，要不然你还指不定是啥样呢。"

"行了行了,我还有点工作没干,咱们下次再唠吧。"

和我妈挂断后,我又给茉莉发了一条视频邀请,响了好几声后,她才接听。视频画面里无数条彩光跳动,茉莉喊着说:"你等下,我一会儿给你打回去。"

过了许久,茉莉发起了视频通话,我接起来。

"在哪儿呢,这么热闹。"

"在 KTV 呢,同学聚会。"

"大过年的你还挺想得开啊,疫情这么严重,还有 KTV 开着吗?"

"本来不营业,这家店是我同学家里开的,才让我们进来玩。怎么,关心我啦?"

"你要是忙着那就挂了吧,昨天过年睡得晚,我再睡会儿。"

"哎,你怎么回事?给你机会了你也不把握。我告诉你,今天唱歌我前男友也在,你担不担心?"

"就是点皮蛋瘦肉粥那个?不担心,你还可以再点一次。哦对,我忘了,你点的是奶茶。"

嘟,她挂断了。

我放下手机,拿起来,放下,又拿起来,看着屏幕上垂杨柳的号码,想了半天,没打。

垂杨柳带着我,坐上昨天来时的那班公交,回到市里,又一起步行去了火车站。

售票窗口,我们俩仰着脖子,看头顶灯牌上闪过的一列列车次。垂杨柳问我："梁子，你想去哪儿？省内还是省外？我看今天最远一列有去山东的，考虑考虑？"我说："拉倒吧，太远了不方便，路上时间也太长，累。"垂杨柳说："出去闯还怕累？看你那熊样，行吧，照顾照顾你，咱们挑个省内的，要是就我自己的话，肯定至少去个沈阳。"售票员说："你们俩别在那儿瞄了，到底去哪儿？不买票就别在这儿挡害。"垂杨柳说："你什么态度，顾客就是上帝听说过吗？给我来两张火车票，最快时间去哈尔滨的，硬座，给挑俩好点的位置啊。"

坐在候车厅的椅子上，我的心里涌出一种莫名的激动，好像家乡之外的世界是天翻地覆般不同的，这种未知感带给我强烈的刺激，令我坐立难安，不停在左右脚间换着重心，仿佛随时会蹿起来。但垂杨柳表现得满不在乎，跷着二郎腿，歪着头，嘴里还不停嚼着刚买来的口香糖，啧啧作响。现在回忆起来，他可能是在掩饰，不过也不好说。

售票员没给垂杨柳面子，我们两个的位置都不靠窗，中间还隔了一条过道。不过垂杨柳有办法，他迅速地找到了一伙牌局，然后凑上去说："大哥，让我也玩两把呗。"牌局上的男人说："你小孩崽子，会打牌吗？我们玩钱的。"垂杨柳说："反正瞎玩，你让我试试呗，玩得不好我就下了。"

垂杨柳又一次证明了自己的天赋，他连赢了几把，我很担心和他同局的几个大人翻脸，可垂杨柳却笑嘻嘻地派烟给他们，连声说感谢各位大哥让着，照顾他小孩子。几人脸上有点不是颜色，垂杨柳又忙递出台阶去说："大哥们让着我，弟弟不能不懂事，刚才那几把咱们玩个开心就得了。"他们这才缓和过来，靠窗的那人拍了拍垂杨柳的肩膀说："你这小孩，真机灵，来坐这儿吧。"

到哈尔滨的时候，我们腿都坐得有点软了，但外面灿烂的灯光世界还是震撼了我。垂杨柳尖叫了一声，又问我："梁子，现在你想干啥？"我说："我不知道，没想过。哈尔滨咋这么亮啊！"

最终我们决定去看松花江，当我在公交车上的时候，我幻想着，一会儿到了江边，我一定要像电视剧里的人物那样，在江岸上疯跑，就像是他们在海滩上疯跑，然后大喊爱人的名字。我该喊谁的名字呢？我的心里没有答案。

可真到了江边之后，我却一下子失去了跑跳叫喊的力气。当我面对一条那么长的河流，可它完全被坚硬的冰覆盖的时候，我心中第一次涌起一种肃穆感，不，可能更多的是悲伤。但那种情绪没有持续多久，垂杨柳扯着我的袖管，把我拉向冰面，和小孩子们一起打起出溜，从江的这一岸，滑到江的那一岸，我们都仿佛正在进行着某种仪式一样，笔直向前，无比专注。

来回几趟，我们都累了，就地躺在冰面上。哈尔滨的天就好像家里那么蓝，但又有点区别，我也说不上来。垂杨柳说："梁子，刚才滑冰的时候我想了一下，我以后不会再靠打扑克赚钱了，没劲，没什么成就感，活就是活，玩就是玩，靠玩赚钱的生活太没水平了。你明白我在说什么吗，梁子？"我说："不明白，你玩扑克那么厉害。"垂杨柳说："我觉得我不止这点能耐，要赌就得赌点大的，扑克、牌九、桌子上的玩意算什么破事。"说到这儿,垂杨柳仿佛被什么预兆指引着似的,扭头看向我,又拍着我的肩膀,让我也看向他。然后垂杨柳盯着我的眼睛,直勾勾地,仿佛要发出什么誓言似的,一字一顿地说:"梁子,你记住哥们儿今天说的话,我垂杨柳要是哪天真输了,肯定也不是在牌桌上。"说完,他扭回脖子,又在冰面上躺好了。

初五,我接到两通电话。

第一通来自茉莉,她说从广东回来了,让我去机场接她。我以"疫情严重,我要在家自我隔离"为理由推辞。她说我要是不去,就直接把她微信删掉算了,说完就把电话给挂了。我没删她微信,也没去接她。

第二通来自垂杨柳,他说刚从双鸭山回来,给我带了点特产,来找我聚聚,大妈不让他进楼门,被拦在楼下了,让我过去接他。

我下楼接他上来。他提了一个红塑料袋,里面装了一兜子木耳。我接过来放进厨房,又拿了拖鞋,让他先坐在沙发上,我去拿啤酒。

"别拿别拿,我开车来的。这次过年来回比较匆忙,也没买啥,又赶上你说的那个肺炎,啥都不好买,我就让我妈装了点咱老家的木耳,你别嫌弃啊。"

"净说外道话,我就乐意吃木耳。你不喝那我自己喝了啊。不能喝酒的话我给你拿个可乐,来,接着,慢点开啊,有气儿。"

"啊,行,弟妹……哎,你看我这嘴,你上回那个朋友咋样了?"

"你还记着呢,反正就还那样呗,我跟她处了,现在叫弟妹也可以,不过我估计也处不长。"

"为啥?吵架了?"

"没吵架,现在的小姑娘都没常性,我估计处一段时间腻了,就该分了。"

"哦。"

"哎对了,你姐……他们挺好的?"

"啊,挺好的。这不闹肺炎嘛,我也就没去串门。"

"你姐夫……也挺好?"

"都挺好,你咋这么问呢?"

"没有没有,我这几天睡糊涂了,你看我。"

对话到此处忽然停滞,我和垂杨柳静静听着时钟的声响。

"那啥,兄弟,要没啥事我就先走了,趁着过年都回北京,我想多跑点活。"

"啊,行,我送送你。"

"不用不用,送啥啊,快回去吧。"

垂杨柳下楼了。

我站在窗边。今天北京又是一个雾霾天,大妈们戴着口罩和红臂章,驱赶着附近的人,让他们不要在楼门附近停留。我远远地看见垂杨柳的车子发动了,小小的黑色轿车,拐进了旁边的路口,消失不见。我发了会儿呆,正准备回去再给茉莉打个电话,忽然看见,那辆本应已经走远的小车,竟又从相反的方向出现,缓慢而坚定地驶入了它刚刚消失的路口。我睁大眼睛,看着垂杨柳和他的车,在我的小区周围一圈又一圈地开着,像是一座脆弱又没有根基的小岛在随着汹涌的海浪漂流,此刻的盘旋,是他久违的自由吗?我看了好久,终于决定把窗帘拉上。

狠活

李得风刚走出白云机场,就被人簇拥了起来。有几个脸上还长着青春痘的学生模样的男生,抢到他身边,和他勾肩搭背。几个穿着清凉的女孩站在外围,举着手机拍他,可人挤来挤去,总是没有一个稳定的角度。我想她们拍出来的画面应该都是模糊的,所以才会不断地看屏幕,又重新把手抬起来。他就像是一头刚刚来到了热带的西伯利亚熊,引起了阵阵欢呼,但盖不过他沉重的呼吸声。

他太胖了。

尽管只有几个月没见,但他的样子变太多了。他把头发剃成了板寸,比夏天的时候胖了好几圈,始终仰着的脖子上几乎看不出喉结了,只有一层细密的汗珠。腰上挂着一个潮牌的腰包,刚好遮住了T恤和运动裤中间露出的肉。行李有两个男生帮他拿着,他空出的双手,一手搂着一个人,左顾右盼高声说着话,周围的人也跟着他笑。这群人就一直这么快乐地走来,直到李得风透过他那副样子浮夸的墨镜,看到了我。

他似乎开心极了,跳着向我招手,可沉重的身躯总是跳不太高。我也向他挥了挥手,算作回应。他双手搂住身边人的肩膀,把自己的脖子压低,说:"看见了吗,兄弟们?那个就是我从小到大的好哥们儿,现在是广州这边的大学生,来,叫梁哥。"

旁边一个男生大喊了声:"梁哥!"

他的声音太大了,从机场出来的旅客很多都被他吓了一跳,纷纷往我们的方向看过来。不过大家都匆匆忙忙的,并没有太多时间用来围观,就又很快都提着行李走远。我拉了拉外套的领子,又整理了一下鸭舌帽的边缘,低着头往李得风身边走。李得风却往外挥手,示意我先别过来,先给他和粉丝们拍张合影。

我拿起手机,随便拍了几张。李得风再次示意我别着急,他得先和粉丝们摆好造型,合影之后还要再拍视频,我只好端着手机耐心等待。他双臂大张,让周围的人站成一排,又不断调整站位顺序。他对某个女生的位置似乎格外纠结,犹豫了几次之后,又让那女生站回了原处。所有人都站定之后,他拍了拍又粗又胖的双手,大声说:"准备好了啊,兄弟们,今天是风哥第一次到达广州,跟广州的兄弟们顺利见面啦——你录了吗,梁子?梁子!"

我说:"还得录像?"

李得风说:"那不废话吗?要不然我这比比画画的,干啥呢?跟兄弟们见面的重要时刻,那不得记录一下吗?"

我说:"我以为你在演讲。你不是跟他们见半天了吗?"

李得风没再说话,脸上流露出一些比较明显的不满。我也不希望把气氛搞得太僵,就把手机调成录像模式,镜头对准了他们。李得风比画了几下,仿佛要安抚其他人的情绪,等所有人的目光都聚焦在他身上的时候,他又重新开口:"都准备了啊,兄弟们,咱们的口号,一定要齐,要响,要有节目效果啊,来!三,二,一!"

随着李得风的倒数结束,所有人一起大喊:"风哥,社会!"

合影之后,有三四个男生说要招待李得风吃午饭,他看了我一眼。

我原本的安排是带他去吃我们学校的食堂,吃完了在校园里面逛逛,晚上在宿舍里挤一挤,对付两天,就送他回去。于是我凑到他身边,低声向他说了我的计划。李得风微微颔首,像是采纳了我的提议,扭头对那几个男生说:"兄弟们,我既然来广州了,就没把大家当外人,那我就听你们安排了呗!"

然后又转头对我说:"那食堂一天天吃不腻吗?风哥来广州,必须带你改善改善伙食。"

我就这样跟着李得风,在商业街和商场里找了很久,所有的广式茶点他都拒绝,说太淡没味,一直到遇见一家东北菜馆,他才说先对付两口,考察一下这边厨师的技术。李得风刚坐下,就把墨镜一摘,放进腰包,在T恤上擦了擦手,抹了一把板寸,挺胸拔背,晃了晃胳膊,大拍桌子,叫服务员赶紧过来点菜。那时候我才注意到,他手腕上还戴着一块闪闪发亮的手表。

服务员是个年轻的小女孩,正坐在旁边的空桌子上刷手机,她听见李得风的喊声，慢吞吞走过来，把菜单随手扔到桌子上，说："今天做活动，各种啤酒一律八折，果汁畅饮。"听口音不是东北人，也不是广东人。我摆摆手，指了指桌面，跟她说我们扫码点菜就好，那女孩又坐了回去。

李得风说："梁子，你多余惯着她，老板给她开工资，就是让她坐那儿玩手机的吗？"

我说："让她玩会儿吧，多看看手机，好见见世面，别下回见了风哥这么大网红，都认不出来。"

李得风说："哎呀梁子，还是你大学生会说，一会儿我给她签个名。"

就在我们说话这会儿，他的粉丝已经扫好了码，把手机递到他的手里，李得风开始点菜了。

虽然我们一行有几个人，但点菜的只有李得风一个。这家饭店上菜很快，不一会儿就摆了一桌子。我扫了两眼，发现全是荤的，用东北话说，"都是硬菜"——猪蹄、肘子、血肠、锅包肉，还有一盘炒油渣。

我说："你吃这么油，对身体不好吧？"

李得风说："带你改善改善伙食，你吃就完事了。我去洗个手，你俩把梁哥招待好啊。服务员，啤酒抓紧时间上，等半天了！"

李得风刚走两分钟，我就在微信上收到他的消息，上面写着："兄弟，干我们这行的必须维持人设，我的标签就是吃喝玩乐社会人，所以点菜必须点硬的，越狠越好。这事咱们兄弟知道就行了,当着粉丝不能说。"我没回话,把手机锁屏。李得风甩着手回到座位上,腕子上的手表反光,晃来晃去的。我看着他的手,觉得上面好像一滴水都没有。

李得风在饭桌上的能量是极强的,他一面说场面话,组织敬酒喝酒;一面不断地夹起肉菜,填进嘴里,大快朵颐。席间,他还给我说起来他拍短视频的逸事,问我知不知道,他的第一条视频是什么时候发布的。我说不知道,他便快速咽下嘴里的菜,又干了一杯啤酒,才往椅背上放松身躯,拍了拍此刻已完全露出的肚皮,娓娓道来:

"说起来,其实时间不长。

"就今年高考,我不是陪你一块出的门吗?送你进去之后,我就寻思,这高考一年一次,虽然风哥不是考生,但也别白来一回啊,对不对?我绕一圈,到后头找个小店,买了根冰棍,我又溜达回去了。

"那考场门口不是一堆家长吗?我找个人最多的地方,先把手机摄像头整成自拍,然后我就喊:'啥考试!不考啦!我混社会去啦!'

"然后那帮家长就都瞅我,我转圈看了一眼,他们就都低头了,我嘟嘟囔囔就走了。

"那天考完试,你们都乐呵地回家了,我还听见你喊了呢,说的啥玩意来着?说什么'终于解放啦!不用学习了!好好玩俩月!'。

"但是我就没有你那个心情。我在职高啊,没有高考,没有课，没有考大学，天天玩，早腻歪了。我想我也得干点事啊，我就把我那条视频，配个字幕，发到网上去了。

"我隔两分钟，打开看看，隔两分钟，打开看看。

"终于到半夜的时候，有人评论了一句——

"'这小子挺可乐'。

"兄弟，从那一个瞬间开始，我就知道，我小风，天生就是吃这碗饭的。"

李得风说完话，从腰包里拿出一盒中华烟，从里面取出一根，挂在嘴边，然后拍了拍身边男生的大腿。男生好像受宠若惊般，在身上摸了几把，没摸出什么，赶紧接过另一个人递过来的打火机，给李得风把烟点着了。

李得风又向上猛地一甩戴着手表的那只手，捏住刚刚开始燃烧的烟，深深吸了一口，又全部吐出来，两条眉毛挑来挑去。柜台里的老板娘看见了，向我们这桌招招手，说："我们店里不让抽烟啊，赶紧掐了。"李得风瞪了她一眼，嘴一张，烟掉在地上，踩灭了。

这顿饭并没有吃得太久，那几个男生虽然是李得风的粉丝，和他却并没有什么话，照了几张相，又问了问他，那些狠活是怎么想到的，就开始玩手机。我看他们意兴阑珊，就随便找些理由，催李得风尽快结束。

李得风虽然还有些意犹未尽，可也注意到另外几人已没在听他说话，就从腰包里把墨镜拿出来，手指敲了敲桌子，说："那今天，就感谢兄弟们招待了呗？"

听到他的话，坐在座位最外侧的男生赶紧去柜台结账，和李得风同一侧的人也起身让开，方便他从座位里面走出来。李得风扶着椅背，走到饭店的过道里，嘬嘬牙花子，一指桌子里面，一个男生赶紧把牙签筒够出来，倒出一根递给了他。李得风用牙签抠了几下，把牙缝里的肉丝剔出来，抿进嘴里，准备出去。没走两步，又在刚才那服务员的桌子旁停下，手指在桌上点了点，说："社会小小风，搜一下，各个平台都有账号。"说这句话的时候，李得风始终看着外面，一眼都没有落在那服务员身上。说完之后，他一只手扶了扶墨镜腿，另一只手掐着腰包的带子，走出去了。

饭店门口，几个男生很快与我们告别。我又一次提议，让李得风和我一起回宿舍歇歇，他的态度是坚决否定，说好不容易来一次广州，一定要走一走，逛一逛。

我只好陪着他在路上闲遛。

现在是十一月底，广州已经有了几分凉意，街上的行人很多都穿了外套，可太阳却还是很好，照在身上暖暖的，给人一种松软的感觉。我们散步的地方是老城区，路窄窄的，两旁的民房上挂着五颜六色的衣服。树也都还很绿，不时有小车从我们身旁驶过，带来一丝若有若无的风。人在此刻本该惬意，可李得风却满头大汗，表情也很难看，抓着我的胳膊气喘吁吁，仿佛阳光只有在他身上不是松软的，而是变成了一根针，从他的天灵盖直直刺入身体，给他带来了难以言喻的燥热痛苦。

他说:"梁子,我们坐会儿吧,太热了,我也太累了。"

我们找到了一个花坛,我从背包里拿出一包纸巾,把我要坐的地方擦干净,刚想问他要不要也来一张擦擦,他就已经一屁股坐了下去。我把用过的纸巾扔进垃圾桶,又抽出一张新的,铺平放在花坛上,又仔细比了比,确认屁股对准了这张纸,才安心坐下。

李得风说:"太累了,太累了。"

我说:"你整的那些狠活,不累吗?我看你上午又安排又喊的,也不省劲啊。"

李得风说:"嘿!整活,那是工作。上班有不累的吗?"

我说:"我哪儿知道啊,我还没上过班呢。"

李得风说:"咱们中考那年,我给饭店刷过一个月碗。那老板不拿我当人哪,起早贪黑,每天就是刷,他不知道搁哪儿看的,说什么必须洗七遍。我问他不嫌费水吗?他说他家是星级饭店,必须上档次。我一个月一共就挣一千五百块钱,妈的。"

我说:"那你后来咋不干了?"

李得风说:"那不我爸嘛,说这玩意太苦了,好歹学个技术以后挣多点,就给我送职高去了。职高能学啥技术,他也是不懂。不对啊,这些事我都跟你说过,你学习学傻了?"

我说:"那你现在整狠活,挣的肯定比那时候多了吧?"

李得风说:"整活不挣钱,挣钱得打 PK(对战),回头我给你演示。几天前我又去那饭店了,一个人点十个菜,每个菜就尝一口,然后你猜我咋的了?"

我说:"猜不到。"

李得风说:"我把他们服务员叫出来,把他们骂得狗血喷头,我说'你们这什么狗篮子饭店!做的菜没有一个好吃的!',这家伙,那服务员给我好一顿道歉。骂完我说'行了,你给我打包吧,我带回去喂狗'。"

我说:"你结账了吗?"

李得风说:"结了啊,骂人归骂人,不结账不得挨揍吗?"

我说:"你为什么要打包?"

李得风说:"我寻思我爸我妈没来过这么贵的饭店,我带回去让他们尝尝,回去我就说参加婚礼去了,这都是带回来的折箩,省得他们心疼钱。就前面吃霸王餐那段,我也录成视频发网上了,数据老好了,你有时间多关注关注我更新,别天天学习,脑子都学傻了。"

我们又聊了好多事,主要是他说,我听着。从他职高的朋友,到他拍视频的灵感,后来又说到他女朋友,这个话题他说了很久。

他和他女朋友是职高的校友,他练体育,那女生比他低一届,学的是护理。有天黄昏,他和体队的朋友在操场上打篮球,投三分的时候那女生刚好经过,被球砸了头。李得风加了人家的微信,说要道歉,聊了一段时间之后,李得风又说得用实际行动表达一下歉意,他们就一块去了冷饮厅。从冷饮厅出来,两人就去宾馆开了房间。

"那时候,我还挺瘦的。"李得风这样说。

"打篮球那天，我那个三分球本来能进的，但是她正好从篮球架下面走过去，我光顾着瞅她了，没对准篮筐，才砸着她的。我体队那些朋友说我是好色想跟人家上床，但实际上那天她非常好看，而且是走清纯路线的，我对她一见钟情。去冷饮厅那天，我也没想跟她去开房，但是我一下子想起来，班里好几个男生都破处了，我不能落后，所以我才带她去的宾馆。"李得风又这样说。

"她也在广州呢！我一会儿就去见她。"李得风最后这样说。

我们一直坐到快黄昏，用李得风的话说，黄昏的时候一见钟情，黄昏的时候久别重逢。

我说："你这整得挺诗意啊。"

李得风说："狠活这一块，看着好像不怎么样，其实竞争非常激烈，到最后拼的无外乎人生境界，还有思想高度。我虽然是走这个……社会路线，但是要想留住粉丝，主要还是靠这个动不动闪烁一下子的智慧火花。"

我说："你女朋友在哪个位置？给个地址，咱俩打车去找她。"

根据李得风给的地址，我们到了片灯红酒绿的商业区。下车的时候，李得风又跟司机推荐他的视频账号，我强拉着他下了车。李得风脚一踩到马路上，就拨通了女朋友的电话，大刺刺地问哪个是她的单位。不知道那边说了什么，总之李得风挂断电话之后，环顾了一下四周，又在马路牙子上坐了下来。

没几分钟，从某个楼门里跑出来一个瘦瘦小小的女孩子，她戴着一顶小小的渔夫帽，穿着件带蕾丝边的米色长袖上衣，下身是一条很紧的牛仔裤，脚下穿着人字拖。她看见李得风的时候，非常高兴地快步跑过来，可李得风却没看她，而是抬头看着那女孩刚刚跑出来的楼道上方，我顺着他的目光望去，发现那里挂着一块足疗店的招牌。那时候太阳已经快落山了，灯光在李得风的墨镜上晃来晃去，像是正在放一部动画片，我看不见他完整的表情，可我总觉得他的脸色有些难看，不知道是不是我的错觉。

那女孩已经到我们的身边了，她说："你就是梁子呗？我是小风对象，你叫我萌萌就行。"

我说："你好你好，听李得风聊你一下午了，恩爱夫妻啊，给我羡慕坏了。"

李得风说："行了，别废话了，赶紧找个饭店吃口饭，我们俩溜达一下午，累成啥样了，这么没有眼力见呢。"

萌萌对这一片很熟悉，她带着我们七拐八拐，说要去一家藏得很深的烧烤店。她说："那家店老板是咱们老乡，口味特别到位，我们晚上下班了，有时候就跟店里姐妹来这儿吃，他们家价格还不贵，吃一顿平均一个人几十块钱。"

李得风说："我差钱吗？"

萌萌说："钱也不好挣，你天天直播也是挣点辛苦钱，得省就省。"

我说："李得风，你看你对象多好啊，一看就是过日子的人。"

听了我的话，李得风喘粗气的声音好像更重了，他像是赌气似的紧走了几步，却差点撞到电线杆子上。萌萌说："能不能把那墨镜摘了，这乌漆墨黑的，你戴着那玩意干啥啊？这儿也没外人，别整你那个网红造型了。"李得风只好又把墨镜放回了腰包里。

我们在一条窄巷的最深处，终于找到了那家烧烤店。老板是个又黑又壮的中年男人，个子不高，烤串的手很麻利。后厨还有个女人在穿新的串，可能是他的妻子。看见我们进来，他们还跟萌萌打了个招呼，萌萌高兴地回应了他们。一坐下，萌萌就轻车熟路地点了一堆串，然后开始和我们聊天，向我打听大学里的事。李得风自从见了萌萌之后，就一副闷闷不乐的样子，手扣在腕子上，把手表遮得严严实实，头更是埋得低低的，好像怕被别人认出来一样。

萌萌说："你咋了？能不能有点人样，你受气啦？"

李得风说："你不是说，你在广州大医院里上班吗？"

萌萌说："医院里留不下啊，一个转正名额恨不得一百个人抢，我这学历指啥跟人竞争？而且也不是大医院，大医院我压根就进不去。现在这活挺好的，我刚开始学，等实际上手了之后，熟练技师一个月能挣一万多呢。哎，你别多想啊，我们店是正规按摩，一点乱七八糟的都没有。"

李得风说："你之前怎么不跟我说？"

萌萌白了李得风一眼，说："就你好面子那个样，我要在微信上跟你说我干这个，你指不定得跟我怎么闹呢，我可不给自己找那个麻烦。你要是不放心,一会儿我请你俩去店里按摩,我找手艺最好的技师给你俩按,真可正规了。"

无论萌萌怎么说,李得风都是一副颓废的样子,萌萌只好给我讲她在按摩店里的同事,说有的是开美容店创业失败了,还有的是本来在电子厂,后来家里父母要了二胎,需要钱供弟弟上学,才来做足疗师,这样赚得多些。我没有很多兴致,迷迷糊糊地听着,串还没吃多少就打起了哈欠。

李得风干咳了一声,说:"梁子,你要是累了,就回宿舍休息吧,我回头再找你。"

我说:"我没事,我咋都行。"

李得风又像最初见面时那样,向外挥着手,说:"赶紧吧,赶紧吧,你折腾一天也该累了。"我注意到他戴着手表的那只手还夹在两条腿中间。

我说:"那我先回了啊,咱们回头再聚。"

宿舍快熄灯的时候,李得风又在微信上联系了我。

李得风说:"兄弟,出来喝点。"

我说:"这都几点了,你不陪你对象吗?"

李得风说:"分手了,闹心,出来陪陪我。"

我有点摸不着头脑,但还是翻墙出了学校,打车去李得风说的饭店找他。

我一进门,就看见了李得风,他斜着身子,坐在正对着门的桌子上,旁边还有个女孩,不是萌萌,可能是今天上午去接他的那些人中的一个，但我不太确定。李得风见我进门，赶忙向我挥手，招呼我过去，用的是戴着手表的那只手，另外一只手，正搭在那个女孩的椅背上，离那个女孩的肩膀很近，几乎就要贴上。

我坐下，什么话都没说。

李得风说："我们社会人谈事，必须在饭店，人气越旺越好，气氛越到位，感觉越社会。这个是我的好兄弟梁子，上午见过了啊。"

女孩说："梁哥。"

李得风说："这个，我粉丝，莉莉，今天晚上没啥事，跟咱们一块出来乐和乐和。"

我说："你好。"

李得风说："别整得这么呆滞，兄弟，来陪我上个厕所，那个莉莉，你拿菜单，随便点，完事我结账就行了。"

我陪着他一起去了厕所，让他先上，他说："没有尿，就是找你说两句话。我跟那谁，我俩黄了。她干的那个工作吧，不行，传出去对我形象有影响，容易拉低我在社会上的牌面。刚才跟她打了个分手炮，活比以前还好呢，这里边都不一定咋回事了，兄弟，不能细琢磨。"

我说："不尿了？那回去吧。"

这顿夜宵我一筷子都没动，也没喝酒，李得风自己喝了两瓶啤酒，中途把莉莉搂进了怀里，莉莉象征性地挣扎了两下，就没再拒绝。结束的时候，李得风买了单，让莉莉跟他一块走，可莉莉说朋友来接她。随着她的话，饭店里进来一个又壮又高的男生，比李得风高了大半个头，说他就是莉莉的朋友，他们有事，要先走。他牵着莉莉走到门口的时候，还回头用手指了一下李得风，李得风刚准备回嘴，他们两个人已经出去了。

气氛稍微停顿了一下，我总觉得有些寂寥，就问他："你今天晚上在哪儿休息？"

李得风说："走，兄弟，我安排你洗浴。"

我在广州从没去过校外的澡堂，在网络地图上搜了半天，也没有找到合适的地方。李得风凑过来，粗着嗓子说："兄弟，你没有社会经验，这方面还得是你风哥给你安排。"他带着我走出饭店，随便拦下来一辆出租车，对司机说："我们想洗澡，你给找个地方呗。"

司机很快就带我们去了最近的一家洗浴中心，李得风一下车，忽然像是想起了什么似的，看了眼手表，说："兄弟，咱们得快点洗，我马上到点得直播了。"

李得风不是快点洗，他干脆没洗。

一进洗浴区，他就赶紧把衣服脱得干干净净，然后换上休息区的浴袍，对我说："兄弟，你先洗着，我得赶紧去直播，你洗完了到休息区找我。"然后一掀帘子，跑到休息区去了。

我也脱得赤条条的，只拿着手机，滑进热水池里，体会到在学校澡堂没有过的舒适享受。我在屏幕上漫无目的地刷着短视频，脑海中开始回忆这一天和李得风相处的种种事情，忽然有点好奇他所谓的狠活，到底都是些什么东西。

于是我在视频平台上搜索"社会小小风",搜出来发现不是他名字的那个"风",而是疯子的"疯",点进他的主页,发现里面写着"四海之内皆兄弟,共同刮起社会风"。我一条条视频看下去,有的是他假装成盲人,去跟女生搭讪,让人家扶他过马路;有的是他用肚皮撞树,边撞边对着树撂狠话;还有的是他当着小孩面买一堆气球,然后一个一个踩爆。我一直刷到了他的第一条视频,也就是高考考场门口的那一条。我完整地了解了这半年他在做的事情,只是没明白这一切,到底和社会能扯上什么关系。

泡了一会儿,我又去淋浴区洗了头发刷了牙,擦干身体,穿上浴袍,去休息区找他。李得风正四仰八叉地坐在投影区的懒人沙发里,他正在和人直播 PK,声音很大,周围的浴客都躲得他远远的。他用手指指着屏幕,嘴里喊着:"你在我面前,什么都不是,今天晚上我必须把你干服。"

我走到他身边,选了个懒人沙发坐下。他直播得很专注,一点都不往我的方向看,我也就不理他,看投影里面正在放的美国大片,里面的主角正裹着风衣穿过一条小巷,几个反派手下的匪徒围住了他,却很快就被他打倒在地,他踩着匪徒的手,逼问反派的下落,匪徒恶狠狠地对主角说:"这里是贫民窟,是我们的地盘,你已经无路可逃了。"

电影快要结束的时候,李得风的 PK 终于结束了,他似乎在今夜的对抗中成了输家,被迫接受惩罚。他把手机递给我,让我对准他,然后他自己退后几步,蹲在地上,手臂弯曲着缩在胸前，伸着舌头，一跳一跳的，竭力模仿一条想要骨头的狗。那样子看起来，远比下午我们散步的时候，还要累得多。

模仿过狗之后，李得风的直播就正式结束了。他长长地出了一口气，然后问我洗澡了没有，我说洗过了，他让我陪他再洗一会儿，于是我们又回了洗浴区。

李得风太胖了，当他一屁股坐进去的时候，水池里的水都被他挤得漾了出来。李得风舒舒服服地把双臂搭在池边，跟我说："其实我们不光能靠直播挣钱，也帮人录祝福视频，什么生日快乐、金榜题名，啥样的都有，就两句话，一条一百块钱。

"直播看着好像挺砢碜的，其实都是演戏，就好像咱们看电视剧，里面演员演个太监，你不会觉得他真是个太监，我们这行也是一样的。那些网友骂我，问我啥时候死啊，生活里见面了也都是叫哥。录视频也好，直播 PK 也好，都是埋汰自己，娱乐别人，俺们挣的就是为别人排解压力的钱。

"我自己觉得挺高尚的，一切为了生活呗。

"我跟萌萌不能再处了。我们家我爸那个体格子，好几年前心脏就做搭桥手术了，都是强活着呢，能挺一天是一天，他要是知道我找个按摩女，肯定就完了。长痛不如短痛，早拉倒早歇心了。

"干这玩意来钱快，兄弟，对我来讲，以我的条件来说，想养活老爸老妈，干啥都不如干这个。

"哎呀，整狠活，这一晃也得有小半年了吧，我跟咱们一块玩的那几个，都见好几面了，我感觉他们就是有点……咋说呢，就有点瞧不起我吧。我都理解，不是一个圈子的人，人家要不就是上大学了，再不济有个正经工作，跟我能有啥共同语言啊？

"别人瞧不起我都没事，咱俩是最铁最铁的哥们儿，只要你瞧得起我，我就有朋友。

"没有朋友，那还能叫社会人吗？"

他抬着头，自顾自说了一大串话出来，他的影子在天花板上闪闪烁烁，就好像这一段话的讲述对象正是他自己。我问他："你为啥叫社会人啊？我看你视频，没太明白。"

他嘿嘿笑了起来，仿佛听见了什么很好笑的事情，对我说："兄弟，你咋犯糊涂了呢？社会人，社会人还能有啥意思？只要没有学上的，都是社会人呗！"

说完之后，他就像是一艘又沉又锈的铁船一样，滑进了水池里。他整个身躯都沉没进去了，嘴里还慢慢地吐着气，一个个气泡从他的脸上出现，又上浮到水面上破开。我觉得他除了嘴在吐气，好像还在放屁，前后两股水泡分别涌上来，滑稽极了。

他从水里钻出来之后，对我说："兄弟，你还记得咱俩小时候一块洗澡，比谁憋气时间长吗？再比一回啊，我让着你，我先进去。"

说完话，他就又沉进了水里，我看着水下他的影子，还没想好要不要一起钻进去。

朱鹮的价格是一块钱

老吴举着杯子站起来的时候，觉得自己全身的皮肤都在绽开。所有人都以为他醉了，他步履蹒跚，杯子里的啤酒荡漾，女同学们用手拉着裙子躲开。有人在心里暗笑：许多年前那个写诗的羞涩男生，今天提起杯子，不知道要给谁敬酒。没人知道他的真实目的，总的来说，老吴是个从不发表演讲的人。

随后老吴爬上了桌子，同学们因为过分惊诧，甚至没有人想到要阻止他。老吴在心里庆幸，如果与人撕扯，他又要平白浪费力气与口舌——爬上去本身已经是件很累的事情。他本想笔挺地站着，如古罗马的神权君主般，向下方的臣民们宣告法令，可包间的天花板太矮，他无法站直身子。在彼时，老吴的想法是："如果我和拿破仑的身高相同，想必此刻就可以站直。"但他随即又想："拿破仑跃马扬鞭，是万万不会被允许进入北京的，摩托车尚且各种限行，马何以堪？"于是老吴盘腿坐下。他很担心有人出于恶趣味，在他还未坐稳时转动玻璃盘，让他跌一大跤，那画面会显得滑稽，严重削减他话题的严肃性，所幸他担心的事没有发生。于是他安然坐定,低眉顺目,又如古印度的尘世之尊,即将向人宣扬正法,如果有同学信佛,此刻理该顶礼膜拜,所幸也没有,同学们尚且年轻,并不信佛。他们只是看着,老吴将杯里浅浅的一层啤酒喝下去,如世尊般,伸出一手的食指向天,才将今夜的主题确定。

"一块钱。

"我今天晚上,要向大家证明,有人在这里,可以诚实地、有尊严地得到一块钱。

"我知道在座的同学们,现在一定在心里暗暗笑我,你们对自己说:'老吴果然还是个傻瓜蛋,我们在北京都是各界精英,时薪、日薪、月薪、年薪,不知道要赚多少,谁在乎你说的一块钱?'

"我不和大家辩论,你们都是些词锋犀利的人,不像我,语拙。

"我只是要向大家证明,在今天的北京,依然有人可以不借助虚无缥缈的数字——好好好,学金融的好同学,不必告诉我数字的力量了;也不通过铺天盖地的数字网络——在我们的时代里,网络几乎已经是金钱的代名词了,是吗?那无所谓,我只想证明,我可以诚实地、正直地、毫无欺骗和乞求地、有尊严地得到一块钱的纸币。

"就一块钱,在我们今天所处的世界上,它什么都做不了,但它真实地存在着,我现在要去找到它,现在就出去。

"你们要一起吗?"

同学聚会早早地结束了。大部分人还是选择回家，陪伴恋人，或是喂喂出租屋里的宠物。只剩下几个时间充沛，明天不需要早起的家伙，站在和老吴保持着一定距离的位置上，等待和他一起出发。

老吴对这一切都不加评判，他静静地看着。

他也不知道要去找一块钱的想法是何时出现的，只是坐在餐厅里的时候，强烈的光线使他有种不真实的感觉，像被泡在了糖水里，一些他万分熟悉却不习惯的味道在酝酿着。他的内心几乎要被呛得咳嗽了，可肉身却还是平静的。他痛恨这种平静，也许就要用某种方式来惩罚自己。

他总是怪人，这也是他年纪轻轻时，就被称为"老吴"的原因。那时他还在读高中，穿着与身材极度不符的蓝白条校服，每天最担心的事情，就是午休趴在桌上睡觉的时候，会有燕子在他的腋窝处筑巢，于是他仰着头，把脖颈靠在窄窄的椅背上，张着嘴大睡。可很快他又担心会有蜻蜓在他流不出去的唾沫里点水。他把这些思考总结为"人生而处于矛盾之中"，一如自然是如此让他忧虑，可人类又如此无趣。对一切事物，他只能短暂地沉醉。

老吴并不排斥短暂，比如他坚信，自己曾在雪后的足球场上，看到过一只五颜六色、无比修长的鸟。那只鸟嘴里叼着一大丛绿叶，拖着两条长长的细腿，优雅又从容地从雪地上滑过去。在老吴还没来得及看清它的时候，就有无数的高中生拥出来，把平整的雪地踩得乱七八糟，而那只鸟却就此不见，很像是某个辞掉工作从此消失的女老师，扎着长长而顺滑的马尾辫，只在夏天出现。那女老师也许并不存在，她远远没有那只鸟带给老吴的感受真实——确切地出现了，又在没人发现的时候悄悄融化。

后来老吴才知道，那鸟的学名大概叫作朱鹮。

与他跟那鸟相遇时的偶然惬意不同，知道它的名字，耗费了老吴很大的力气。他先是请教了生物老师，一个头发花白的结实老头，那位生物老师当时正在捆一把比人还高的扫帚，说退休之后，就要用这把扫帚把楼道清理干净。扫帚的材质老吴现在仍不得而知，只知道一开始人们拿那种扫帚扫雪，后来人们用铲车去铲雪，再后来就没有雪了，冬天也热得让人心慌。

老吴没能在扫帚与生物老师那里获得答案，老头只是告诉他，没什么鸟，现在也不是提问的时间，观察生物特征并辨别，并不是高中生物的重点考试内容。当老吴向老头坦白，自己其实是个文科生的时候，老头愈发生气，想用扫帚打他，转念一想外面的积雪还没人去管，才忍住了脾气，只把老吴赶走。

大概是从那时候开始，老吴才第一次产生名为"萧索"的情绪，并不因为老头拘泥于文理之别而拒绝他的询问，更不因为老头只惦记扫雪而不关心鸟的名字，他只是想："那鸟从不扫雪。"后来那种想法被更加具体地说了出来：

"朱鹮从不扫雪。"

在老吴的班级里，没有人相信他真的看到了那只鸟。有个漂亮又干干净净的女孩坐在他的书桌上，歪着头问他："老吴，你为什么不承认那只鸟是假的？"老吴想告诉她："有的时候，假的东西才是真的。"可他没能说出口,他一贯是这样怯生生的,更何况那女孩的成绩很好,在政治课上,她常常发表自己的哲学观点,同学们目不转睛地看着,在她故意停顿的时候,真诚地为她鼓掌。老吴并不喜欢与擅长收获掌声的人辩论,就像他并不喜欢辩论一样。

那女孩此刻在北京,等着要离开的人离开以后,和老吴一起出发,看看今夜,在这个亮堂堂的城市里,有没有人能够诚实且有尊严地得到一块钱。老吴看着那女孩,好像十年前的那场辩论还未结束,某一方的沉默,并没有让长久的争论宣告终结,恰恰相反,时间会赋予其更多的意义。

从某种程度上来说,老吴不希望今夜的事变成一场比赛,或者一部自传。"如果一部关于我的传记,金钱成为浓墨重彩的一笔,那是不好的。"老吴这样去审视自己。同学们也不认为那是一场比赛,他们站在广阔的斗兽场边上,看着里面的老吴,正举着长枪和盾牌与虚无对峙,这不会让他们的激情沸腾起来,但又不太无聊。同学们也会共识性地抱怨世界正在变得越来越无聊,但只有少部分人会意识到,真正的吊诡之处在于:如果每天都有人去和狮子搏斗,那么向着空气冲锋的人,才是让他们觉得有趣的家伙。这是种并不有趣的思考。

老吴此刻正被关于朱鹮的回忆与关于现状的审视夹击着,他又不合时宜地想起几年前,那女孩和他在北京见面,夸奖了老吴那两本无人问津的短篇小说集,还态度极其诚恳地向他道歉。在这个过程中,老吴很担心她提起那只鸟的事,幸亏没有。老吴常常觉得"幸亏",那种想法,是"萧索"的一种重要来源。

毫无疑问,当所有不愿意去找一块钱的同学都上车回家之后,老吴的注意力被拉回了当前的时间线。"幸亏",同学们没有簇拥他,而是呈半包围状,不远不近地站在他的身后,催促他开始今夜的旅行。

于是,老吴出发了。

老吴跟所有人一样,对在北京的夜里找到一块钱毫无头绪,他只是觉得应该有一个开始,尽量简单,尽量容易接受。他就那样径直地走到一个男人旁边,那男人穿着深蓝色的夹克衫,一只手插在口袋里,另一只手在智能手机上点来点去。老吴走过去,用几乎看不清的幅度鞠了一躬,然后问道:"你好,如果我给你看我的诗,你愿意给我一块钱吗?"

现在的老吴,是非常幸运的老吴。当他需要得到某样东西的时候,他可以用诗去交换。

在高中时,他只能一个人攥着一张画走出校门,然后去拜访很多人,问:"你认识这上面画的这种鸟吗?"老吴惊讶于没有一个人知道这种鸟的名字,更惊讶于没人愿意和他一起产生好奇,每当问一个人的时候,他都会把看到这只鸟的经过再讲一遍,那鸟飞过雪地的画面是那么梦幻——它的嘴尖尖的,叼着一丛像是肋骨般的茂密树叶,腿长长的,飞起来的时候,翅膀舒适而平缓地展开,活像是一匹跳跃着的骏马,又像是扑往爱人怀抱的年轻姑娘——却没人想和他一起找到答案。老吴唯一能看到的,是他们一起低头看向那张画的时候,地面上的雪,已经被踩成了像煤那样的颜色。

后来老吴想起这些事的时候，觉得那时自己未免有些过于严苛，因为让那些雪变成煤的，除了人们的脚步，还有真正的煤。

学校门口有一条很宽的马路，除了接送学生的私家车，出现最多的，就是运送煤炭的巨型卡车。每当那些卡车响着低沉隐忍的声音经过时，老吴总会从教室里往外偷看。他真切地感受到重量，雪被那些车轧过之后，变成一种介于冰与雪之间的厚实平面，凝重而又轻滑，脆弱而又坚硬。如果教生物的老头的任务，就是扫开这上面的那些轻飘飘的积雪，那他一定会备受折磨，他会在平面上反复滑倒，用自己刚刚做好的长扫帚，重复拂过早已不会被撼动的地表。

"到那时候，也许他就会想，如果经过雪面的是那只鸟，他就不会被地面滑倒了。"

"如果经过雪面的是那只鸟，地面就不会是黑色的。"

"黑色不会反射阳光。"

老吴喜欢阳光，他写过很多关于阳光的诗，那些诗里面当然也包括那只鸟。诗是自由的，比记忆还要自由，那只鸟不再被限制于只能从雪地上掠过去，它可以啄食高塔，然后在太阳神的臂弯下筑巢；它也可以放声歌唱，唱的词老吴暂时还没想好；它还可以被写在词句里，然后被说出来，被用于在北京的秋夜里，换一块钱。

在后来，我是说很后很后的后来，老吴给别人讲起这些事的时候，他们总是急着问："那你要到一块钱了吗？"在那个时候，老吴会让他们耐着性子听下去，因为一个谜底之所以被期待，是因为谜题的复杂与巧妙，一个故事也同样如此。

老吴曾为这个夜晚写过无数的结尾，比较有趣的一个是：同学们后来因为觉得无聊，都纷纷离开，只剩下老吴一个人固执地在寻找一块钱，直到精疲力竭，就靠在路边的石墩子上睡着了。后来有个穿着板正黑色西装的女孩叫醒了他，让他赶快走，再过一会儿，就会有整顿市容的人来驱赶他。老吴连声道谢，晃晃悠悠地爬起来。那女孩又叫住了他，在自己身上摸了几遍，终于翻出了一块钱，告诉他："不知道你有没有手机，我身上就这点现金了，买个面包吧。"然后她就转身走开，踩着电动车，面向朝阳慢慢远去，她还要带今天约的租客去看房。

很多人喜欢这个结局，说颇有些讽刺意味，实体经济、虚拟支付、房地产，把一堆很大的词砸到老吴头上；也有人说不好，脱离现实，今天的北京，怎么还有人相信，一块钱就能买得到面包？

无论如何，批评家们把其定义为"一个总体来说是现实主义的，却又带点浪漫主义色彩的结局"，但现实与浪漫，还远远没有到结局的时候。

在向那个男人问话，拿诗换钱的时候，老吴觉得，朱鹮与纸币之间，是存在某种宿命的联系的。他小时候曾看过一部电影，里面有个女人，想要一双长着黄须子的鱼鞋，于是她光着脚走到供销社里，用钱把那双鞋买回家。

老吴肯定想过，如果自己足够有钱，就可以请到全世界最有名的动物学家，有可能是个白人，在拉丁美洲或是非洲待过很多年，因为被请到一个寒冷的省份而无比暴躁，他催促着老吴："快点，中国孩子！解决了你的问题，我还要回到尼罗河流域去，那里有些你压根没见过的物种正在走向灭绝。"而老吴还是怯生生地，从书包里拿出那张皱巴巴的画，白人老大爷只扫了一眼，就告诉老吴："很明显，中国孩子！这是……好了，你已经知道答案了，我要走了。"然后他提着满满一箱子纸币跳上轿车，直奔尼罗河而去。那个时候，老吴的心情满足而充实，但直到后来，他才知道那个白人老大爷说的那个词是：朱鹮。

有次课上，老师讲到"货币"，教大家算剩余价值，一定有人想到过，在某些时候，金钱最大的价值是用于得到某种答案，就像在某些夜里，诗最大的价值是用来换取一块钱。

在那个夜晚，被老吴询问的男人并没有这样的想法。他被吓了一跳，并开始困惑，为什么自己会被一个乞丐忽然找上，那乞丐神情严肃，衣着整齐，说着诗和纸币什么的难懂的话。

也许在未来，老吴会通过各种各样可能的方式让大家认识了他，那时他的照片和视频会在网络上飞速传播，大家在他本该十分抗拒的载体上激烈地讨论，这个男人可能会再次见到他，可能会想起来被老吴追上来要拿诗换钱的那个晚上，但可以确认无误的是，他又会将这一切更快地忘掉，就像互联网和我们一直对彼此做的那样。只是那些未来还没有发生，在今天的此时此刻，也许最让我们好奇的只有一件事：在当下的北京，诗、纸币和乞丐，究竟哪个更难见到？

老吴想必也把这些思考写进了后来的小说里，他用各种各样的方式来呈现今夜，在某些版本中，那个被追问的男人热烈地拥抱了他，他们为诗歌和夜晚而真诚地流泪。同学们围成一团，簇拥着他们就像是簇拥着一大团篝火，只为了等着看一个答案。最后那个男人身上，到底有没有一块钱纸币呢？"我忘记了今夜出行的目的，也没有意识到自己在哭，我清楚地看到朱鹮，清楚地看到它在十字路口降落，清楚地听到它发出骄傲而长久的鸣叫，也清楚地知道，今夜，一定没有人能看到它。"老吴这样写道。

这些不确定性是从何时开始出现的呢？

老吴在更早时，就曾经到过北京。那时候的北京，大家都说是被雾包裹着的，就像是维多利亚时代的伦敦，人们在那里炼钢炼铁，烧油开车，吸烟饮水，放屁打嗝。漫长的时间里，脏与重的空气终将沉淀，把这座城市越抬越高。直到有一天，雾是地面，城市是云朵。

那时的人，都戴着口罩以免吸入空气中的颗粒，他们走在路上，都像是一些怀揣着秘密的人，心事与身影若隐若现。更早的时候，老吴也曾经见过那种雾，他看着外面，楼房、树丛和人都慢慢被遮住、吞没，就好像他们生存的世界原本就是一座孤岛，从未有其他的东西存在过一样。大人们都在强调："一定要戴好口罩，为了你们自己。"可老吴又不可避免地被"萧索"包裹，他脑海中又出现那只鸟，它的嘴又长又尖，眼睛瞪得滚圆，好像多浓的雾也遮不住。

朱鹮从不会被吞没。

在那个找一块钱的夜晚里，大家也都戴着口罩，就好像这些年的时间已经被折起剪断了一样，很多车，很多楼房，很多人，很多口罩的北京还是如常。如果一定要发觉某种变化，那就是扒手这一古老职业的消失，因为大家已不再使用纸币。这大概算得上一种进步，在时间的折痕里，他们这些想偷懒的家伙，只是一点纸屑。

这些议论性的厥词，是老吴在继续寻找的过程中想到的，他常用这些想法来填饱自己，以免自己的头脑被更多具体的事情占据。只在某些思维的断点上，他才会故作宽容地让一些回忆钻进来。

他想起毕业那年，老师热情洋溢地组织大家做时间胶囊，把青春期的念头写出来，放进盒子里，很多年后再回来看。老吴用了一下午的时间，把那张皱巴巴的画仔细摊平，又用胶带粘来粘去，让它看起来存在的时间没那么长，新新的，年轻的，充满希望，就像是一只活生生的朱鹮。那干干净净的女孩也看到了那幅画，她拉着老吴的衣袖，老吴拿着那幅画，他们一起走到讲台上，她大声宣告："老吴也是我们的好朋友，我们在他的画上签名吧！"同学们很热情，无数的名字填满了那幅画，就像是一些实体化的云朵。最后大家说："老吴，把你的名字写在最显眼的地方吧！"老吴满脸肃穆，在画中央的地方写下——

"朱鹮"。

他到底是什么时候知道这个名字的？

我们都清楚的是，他没有从生物老师那里得到答案，也当然没有请到来自尼罗河流域的动物学家。那到底是从哪里知道的呢？如果有人去问老吴，老吴一定会觉得这问题很扫兴，他可能会反问："你身上的每一块钱，你都知道它们从何而来吗？"

如果老吴在那天晚上得到了一块钱，他应该会记得很清楚来龙去脉。但从他后来无数次的推翻重讲来看，也许那夜他输给了北京，这可能就是老吴要这样去做的本来意义，"幸亏"，同学们也并没有那么在意输赢。那个干干净净的女孩打着哈欠，在微信上回复着朋友圈里的评论，慢慢地跟着他。也许她在某个时刻就已经悄悄走了，同学们已不再像上学时那样关注她，也许这会让她感到失落或是轻松？没人知道。干干净净的女孩依然年轻，也许她从小就读了很多书，有可能她也曾注意到煤车、操场、云朵。只是她并不关注某种鸟的名字，也许她只想在那些向下沉淀的气流中，找到一根长长的线，比起转瞬即逝的美丽生物，空中城市里正发生的事情，更容易让她感到好奇。就像比起能否找到一块钱的答案，她更关心今天的世界和明天的自己一样。

老吴后来发现，原来人的忘性是如此之大，就连自己也不例外。他后来逐渐忘记了书写今夜，就像在今夜，他对朱鹮的记忆也已模糊一样。但他还算幸运，可以靠一些感受来记忆重要的时刻，比如他记得在操场上看到朱鹮时，那寒冷而真实的感觉；又比如他在今夜结束后，坐在路边的小店里吃早饭时，那种困顿和疲惫。

他有没有问老板："收现金吗？"

他用来买早饭的钱里,到底有没有一块钱,是他用诗换到的?

也许时过境迁,那些记忆都会混成一团:他会看着早餐店老板的脸,越来越像那个做扫帚扫雪的生物老师;会看到悬挂着的电视里,有个白人生物学家,在播报尼罗河流域动物们的生存现状;会看到门口驶过一辆电动车,钻着空隙挤过人群,车上的女孩干干净净,穿着板正的黑色西装;他会看到天上开始下起了纯白色的雪,人们摘下口罩,在欢笑中滑倒。

在这些可能性中,老吴最喜欢的是这一种:

我看到一只五颜六色的、修长的鸟,飞过人群和街道,站在不远处高高的天桥栏杆上,仰着头,用那片大大的叶子甩出无数的雪。

我跑过去,大声问:"朱鹮,是你吗?"

那鸟没有回答。

我又问:"那年你曾经在我们高中的操场上出现过,对不对?后来你被人赶走了。现在你已经不害怕人了吗?他们还和那时一样。

"你知道吗?为了知道你的名字,我花了好大的力气,但那时候我很快乐,我觉得,只要知道了你的名字,就能再一次看到你。

"为什么今天你回来了?是对我去找一块钱的奖励吗?谢谢你!真的很感谢。不过我已经不需要了。

"你飞吧,朱鹮!飞吧!去让别的孩子看到你,他们会珍惜找你的日子的!

"飞吧,朱鹮!飞吧!"

那鸟飞走了,一切又回到了黑色的雾中。

酒的声音

我们俩最后一次共同喝酒，是在大学宿舍楼的天台上。那天是这座城市全年里最热的一天，我沿着楼梯一路走上去，看到一群男生刚洗的衣服还没拧干，七零八落地搭在走廊里，水正在淅淅沥沥地往下滴着，衣服的主人就已经光着身子，跑回了宿舍，他们身上出的汗，比衣服出的水还要多。

当我走到楼顶的时候，他正半趴在地上，与几只小虫窃窃私语。那天的月亮很圆很大，我甚至能看清他薄薄的嘴唇一张一合，正倾倒出一些自然主义的词句，传递给自然的主人。他的表情温柔而虔诚，眼神充满专注，我经常在课堂上看到他这样的神色，他常常弯着腰，在老师旁边谨慎地提问，然后认认真真把老师的话记在本子上，极偶尔的瞬间，他会在记录时流露出一丝陶醉的神色，像是那时写下的并非某些理论，而是一首诗。

我说："酒呢？"

他看见我，脸上露出腼腆的笑，从背后脏兮兮的墨蓝色双肩包里，拿出两个漂亮的瓷瓶。

我说:"喝白酒?会不会醉得太快?你酒量可以吗?"

他说:"不要以为只有你们东北人酒量好,南方人也是很能喝的。"

他眨了眨眼,小心翼翼地绕开他的虫子朋友,递了一瓶酒给我,问我:"我们坐哪儿?"

我说:"哪里都能坐。"

他说:"那不好,天台上太脏。我不是说鸟粪或者尘土,那些东西都很好处理,一洗就掉。可还有很多人在这里抽烟、喷漆、吐口香糖,把糖分很高的饮料洒得到处都是,这些工业制品,一旦粘在了衣服上,就很难弄干净。上次我从图书馆出来,不知道怎么搞的,衣服肘部蹭了一块白斑,怎么也洗不下去,我足足搓了一千二百下,也没效果,至今还在我的衣服上面。"

我说:"一千二百下?你难道洗衣服的时候,还会数数吗?"

他说:"会数啊。"

我说:"真的有搓了一千二百下还洗不掉的脏东西吗?"

于是他抬起自己的左胳膊,向我展示肘部的污渍。他瞪着眼睛,左臂高高抬起,右臂也跟着微微举高,像是为了向我指明污渍的位置,可他每只手里都拿着一瓶酒,所以显得有些滑稽,活像是艺术史教材上印的三星堆陶俑立人。

我注意到他还穿着长袖,就问:"你为什么还穿长袖?你不热吗?你上楼的时候,有没有看到我们的同学,他们都光着屁股。"

他说:"晚来风急,要穿多点才可以。"

我从自己的书包里取出几张纸,铺在地上靠墙的位置,这样如果我们喝得倦了,还可以在墙上靠一靠。此刻有些微微的风正在吹过来,却没什么凉爽的感觉,我找了几个别人扔的易拉罐,一一踩扁,压在纸的边角,免得纸被风吹走了,我还要费力追赶,把它们捡回来。压好铺平之后,我拿出从校外买回来的熟食,摆在中间,打开塑料袋,让肉的香味慢慢散出来,自己先在一边坐定,招呼他说:"好啦,现在你不用担心蹭脏衣服了,快坐下吧。"

他把两瓶酒塞到我怀里,却不坐下,而是用跟刚才类似的姿势半趴着,仔细地看我铺在地上的纸。他的眉头紧紧皱着,好像有点夜盲。

他说:"这是什么纸?"

我说:"我的小说。"

他说:"这怎么行?这些都是你的作品,得好好留着,我不能坐。"

我说:"有什么不能坐的?如果是几张白纸,还值得心疼,怕浪费了,可写上了这些东西之后,就一点价值也没有了。我从小就喜欢写作,想考文学系,想当作家,想了十几年,现在想给咱们学院写篇通讯稿,他们都嫌我水平不够。坐吧,坐吧!这些废纸能被咱们坐着喝酒,就是发挥它们最大的作用了!"

他摇摇头,把我压在纸上的易拉罐挪开,仔细地把那几张纸拿起来,递到我的怀里,又拿回去一瓶酒,一屁股坐在地上。我看着怀里的那些字,好像是写了些漂亮的年轻人,他们都很特别,但也都很普通。几年之后,我在一次搬家的途中把这几张纸弄丢了,当晚我喝得酩酊大醉,脑海中全是天台上的那场酒。

天台上,我们每个人都有一瓶酒。

我说:"现在,我们可以开始喝了吧?"

我看得出来,他不是个很迷恋酒的人,可他很懂享受酒。他双手捧着那个精致的瓷瓶,缓慢而平稳地把瓶底慢慢托高,紧闭着眼,嘴唇聚成亲吻的姿态,珍重地小口吮吸,可却没有发出那种熟悉的啧啧声。他喝酒的样子,让我觉得他手里的美妙的液体,味道一定不只是辣,肯定还蕴藏着不为人知的甜蜜。

那时辛辣的感觉也在我的口腔中回荡。我很少喝白酒,总觉得太绵长,太老成,太欲说还休,太却道天凉好个秋,像是必须要人到中年,才有配得上白酒的沉郁。我那时才二十出头的年纪,是多么想让自己的人生荡气回肠、锋芒毕露啊!可他却似乎不是,他看上去,像是那种生下来就应该喝这种酒的人。

我说:"我们慢慢喝。"

他说:"要慢慢喝,一定要慢慢喝。如果喝得太快,你就听不见酒的声音。"

我说:"才刚刚开始,你就已经醉了。酒只有味道,哪儿有声音?"

他说:"有的,你听,刚刚开始喝的时候,你就能听到别人的声音。听到了吗?楼下的同学们,有人在打游戏,有人在阳台给家里人打电话,有人提着行李箱正在离开,还有人在哭——"

我说:"这些声音,不喝酒的时候我也听得到呀。"

他说:"可是不喝酒的时候,我们哪儿有心情去听这些?你见过有一种大人吗?他们往往只有到了酒桌上,才肯放开了说心里话,这时候如果听不到,就太可惜了,因为谁也不知道,下次要听到他们真正的声音,要等到多久之后。"

我说:"我们这是酒桌吗?"

他忽然狡黠地笑了,我很少看到他那样的表情,他说:"不要着急,你知道古人吃甘蔗的典故吗?世界上大多数有趣的事情,都需要渐入佳境。"

未来的无数次酒局中,我都会想起他说的话。后来我和大人们喝酒,作为一个和他们毫无任何不同的大人。那些大人里的一部分,就像他说的一样,会在酒桌上发出真正的声音,那些声音也有所不同,有的清脆,有的浑浊,有的莫名其妙;还有一部分,是无论如何都缄默着的,多么好的酒都撬不开他们的嘴。我只能去选择那些听得见的声音,认认真真记在我心里的本子上。我也不知道他那天晚上说的,到底是不是我理解的这个意思。

他不好理解,他时常会让人觉得难懂。班级里四十多个人,只有我勉强算是他的朋友,可我也不知道他到底是个什么样的人。有时候我对他说:"你可以试试跟同学们玩一玩,大家人都很好的。"他不答话,他就望着除人之外的万物出神。比如此刻,他就正看着一片和月亮擦肩而过的云。

他说:"那片云是什么颜色的?"

我说:"当然是灰色的。"

他说:"不对不对,今天这么晴,怎么会有乌云?那片云应该是白色的。"

我说:"云在白天看起来应该是白的,但现在天黑了,没有阳光把它照亮,所以在我的眼睛看来,它就是灰色的。"

他说:"不对不对,它本来是白色的,那就是白色的,怎么能因为我们看成什么而改变?"

我说:"颜色这种概念,都是我们人类发明的,当然是我们想看成什么颜色,它就是什么颜色啦。"

他那时正抓着一块猪蹄在啃,碎骨都握在手里,一点都没有掉在地上。他曲着膝盖,瓷瓶夹在双腿之间,想喝酒的时候就探出头去,用牙咬着瓶沿,倒出一些到嘴里。等喝下去了,再用嘴把瓷瓶扶正。此刻他全身上下的肌肉都被调动起来,为喝酒这件事服务。

他说:"你听到酒的声音了吗?"

我说:"不是早就听见了?你说的,同学玩游戏,同学打电话,还有同学在哭,好像已经不哭了——女生宿舍那边在张罗什么?听起来好热闹呀。"

他说:"不是这些,不止是这些,酒不会永远只发出一种声音。它已经离你越来越近,从吵吵闹闹的外面,进入你的身体内部了。你对那片云的看法,对这个世界所有的观点,你能感觉到,它们正在你的体内喧嚣着吗?这些平日里被你忽略的感受与想法,它们正通过酒的呼唤,从你的灵魂深处生发出来。酒此刻的声音,就具备这样的魔力,它让快乐的更快乐,让悲伤的更悲伤,让平静的更平静。它让你更接近你自己,不要抗拒,去听吧,酒正在对你耳语。"

在他说出那段话的时候,我其实在想,"快乐的更快乐,悲伤的更悲伤,平静的更平静",我究竟算是其中的哪一种呢?尽管他用充盈的情感告诉了我,要去倾听酒的声音,可我却完全无法认识到,真实的自我到底是什么。酒的耳语,好像正隔着一层厚厚的布,在与我对话,我抓不到任何一点完整的语句,只有愈演愈烈的迷惑。

我想,我可能是,迷惑的更迷惑。

我迷惑地看着他啃完了那块油油的猪蹄,把最长的那根骨头也握在同一只手中,用刚才抓猪蹄的手拿起了瓷瓶。这次他没再小口地抿,而是狠狠地灌了自己一大口。他似乎也被那辛辣稍稍冲击了一下,五官皱在一起,着实缓了好一会儿,才恢复成平时淡然的神色。

他说:"你看我也没用。我觉得那片云是白的,它就是白的。这是这口酒告诉我的。"

我对他一句一顿的语气有些不满,就说:"你怎么还抑扬顿挫起来了,是在写诗吗?"

他故作吃惊的样子,瞪着我说:"只有你能写小说,我就不能写诗?"

我们相视大笑。

那天晚上,我们似乎真的醉了。他那个脏兮兮的墨蓝色双肩包,好像装着一个不知疲倦的酿酒师傅,那师傅住在里面,不停地酿着酒,又把酒装在瓷瓶里送出来,不把我们灌醉就不罢休。

殊不知我们是甘愿一醉的,又何须他灌?

最后我们都躺在了地上,他把手里的骨头放进衣兜,又把手在自己的裤子上反复擦了好几遍,然后把我推开,从我的身下把那几张纸都拿了起来,整理得整整齐齐,塞进我的手里。

我说:"你干什么?"

他说:"留着,再写写,以后把我也写进你的小说里。"

我说:"你是个王八蛋,我写你干什么。"

他说:"我虽然是王八蛋,但我毕竟让你知道了酒的声音。为了这个,你就写写我吧。"

我说:"酒的声音,除了别人的声音、自己的声音,还有什么?"

他说:"还有,还有这一切,都是酒的声音。你去听吧,只要你听得足够认真,你会听见地球这个醉汉踉跄的脚步声,他的呢喃声,他的叹息声,他长满了杂草的身躯上发出的一切奇妙的噪声,他正在重复着的生活,你能有所感受吗?还有太阳的怒吼声,太阳自从出世以来,就和地球的意志背道而驰,他强迫地球围绕他不断旋转,可地球却暗自把酒送给了我们。他期盼着我们这些拥有智慧的虫子,有一天能和他一起烂醉,这就是他藏在酒里面的秘密,全部都藏在酒的声音里。"

我沉默着,我已经太醉了,那些诗句无法进入我的脑海。

我只能听见他又接着说:"你相信吗?我真的可以和虫子对话。它们很可爱的,你认真听。"

我迷迷糊糊,好像听见了,耳边有两个声音细细的家伙在窃窃私语。

一个说:"地球,最近是不是走得越来越快了?"

另一个说:"可能是你选的参照物有问题,据我的观测来看,是大家伙们都在快走,形成了一种地球的相对速度也在提升的错觉。"

一个说:"放屁,我就趴在地球上,会不知道地球的速度?"

另一个说:"非也非也,我们也经常趴在大家伙身上,难道每个大家伙的速度你都知道?"

一个说:"我当然知道。"

另一个说:"每一个你都能保证百分百准确?"

一个说:"当然能保证。"

另一个说:"你既然这么笃定,那地球的速度有没有变化,你肯定是一趴就知道了,还来问我干啥?既然你向我提问,说明你也并不相信自己的判断。"

一个说:"你放屁!你敢不敢,我们去地球上实地趴一趴,考察考察,看看到底谁对!"

另一个说:"算了算了,晚来风急,一会儿还要下雨。"

在未来的无数次回忆中,我都会有一种奇异的感觉,就是那场醉酒,实际上已被赋予了某种神圣性。我和他,确切地在那一夜得到了地球的眷顾,他把虫子们的意志,慷慨地施加给我们,让我们得以为一切时空里的醉汉发言。

那到底是真实存在的,还是在酒精与夏夜的麻痹下,幻觉轻易地袭击了我?

多年过去,这个问题对我造成了强烈的挥之不去的困扰。为此我甚至有意识地躲避着他,生怕他在某个清醒的白天,在耀眼的阳光下揭穿我,那一切都只是我青年时代的冲动与期盼。我担心来自他的真相,我知道,他从不撒谎。

我们未能在阳光下重逢。那是在很久很久以后,也许我那时已过而立,或是不惑,甚至已知天命,我才又一次和他见面,他醉了,醉得远比那时还要厉害。

我走近他,轻声耳语:"你怎么了,我的朋友?你在酒的声音里深陷了吗?"

他说:"不,不,声音的世界已急剧变化了,现在它们跳出了地球和酒曾设下的界限,于无所不在之处肆意喻鸣,只有酒依然忠诚,我在其中可享受片刻安静,我必须醉下去。"

说完话他就离开,从头到尾,我们都未曾对视一眼。那时正值深秋,我注意到落叶与飞虫都正四散而去,我看着他的背影越来越小,越来越昏暗,从体内涌起一股无比脆弱的寂静。

蓝白红

蓝

在我之前,从未有人能从这座监狱中逃出去。

这里建成的时候,我曾在报纸上看过。上面说,仅仅是搭盖围墙所用的珊瑚和水晶,就足以掏空几个小型国家的财政部门,所以除看守犯人的狱卒之外,还必须配备防止狱卒监守自盗、窃取监狱建材的看守。那时我想:如果看守狱卒的人也想偷那些水晶怎么办?用什么方式才能确保他们的道德品质比狱卒们更高尚?总不能再另外招聘些看守看守的看守,这样延伸下去,整个星球的人,都会变成监狱中的工作人员。有了这样的思考之后,我进一步推理,这座监狱的外墙,应该会被狱卒和看守们偷得越来越薄。

但当我真正成为这里的犯人之后,才知道并不是这样的。在这样一座监狱里,没有人还会对珊瑚和水晶产生欲望,深海之中,犯人、狱卒和看守们的身份其实并不很清晰,我们不清楚何时被释放，所以他们也无从晓得何时会下班，珊瑚和水晶，只有出现在陆地上的时候，才算奇货可居。

我和其他的犯人聊过，询问有没有越狱成功的先例，他们的反应使我惊讶。

已经服刑近三十年的劳伦斯问我："年轻人，你怎么会有这样的想法？你到底知不知道深海的意思？外面不是龙宫，没有你想象中的那种美丽生物——头上顶着灯笼，腰下长着约等于身躯几十倍的长尾，隐忍而沉默地从你身边穿过去；也没有传说中的古老神灵，令人叹服的宫殿，在星星连成一条线的时候，带你升到比海平面还要高的地方。我唯一能告诉你的就是，在围墙外面，除了黑暗，就只有能把你瞬间碾碎的水压。如果现在是我尚且年轻的时候，我还可以告诉你，到底是地面距离天空更远，还是我们距离海面更远，可惜我现在已经变得健忘，这是多年来我唯一的收获。"

我对他的表述隐约感到熟悉，问他有没有读过一些小说，但他说所有这些，都是他在面对水晶墙时产生的幻想，这是监狱中的一种福利，专门赠予那些已被关押多年，且表现良好的囚徒。

劳伦斯已经老了，老得糊涂，他唯一说的实话就是，我们每个人都会面对水晶墙，并且随着被困在这里的时间越来越长，这种行为在生活中所占的比例也越来越大。新人们在面壁时，还会偶尔讨论几句，但更多的人就只是坐着。有时我想起在外面的时候，朋友曾给我讲过的一个实验，科学家们把一群猴子关在笼子里，再往笼子中放入一个黑球，如果有猴子摸了黑球，所有猴子都要被电击。参与实验的猴子不断更换，后来尽管科学家已经不再电击，可还是没有猴子敢去摸黑球。我不知道，水晶墙是不是正慢慢变成一个黑球。

有天我在看水晶墙的时候，过来一个小女孩，大概是狱卒。她问我："这面墙上有什么？"

我支支吾吾，不敢告诉她我只能看见自己，于是我说："你看不到吗？正在慢慢进入深秋的森林，有稀疏的白杨树，它们已经长得太高了。鹿在喝水，河流在逆行进入它的喉咙和食道，它被冻得发抖。马上就要起雾了，不要打扰我，这很可能是今天的最后一点阳光。"

监狱里当然有女人，我们都生活在一起，可彼此之间都完全丧失了欲望，至少丧失了性欲。我们聚在一起聊天，听女人讲些她们入狱之前最欣赏的艺术作品。我不知道是不是错觉，我觉得女人们的记性，好像确实要比男人们好上一点，同时她们性格温和，善于忍耐。尽管已在狱中被囚多年，她们还是能对很多事情如数家珍，又不会像男人们那样，对因为失去自由而暴怒。她们是犯人中的最弱者，可往往最像看守者的，也是她们。

只有茱莉亚是个异类，也多亏有她，否则我几乎要把晚餐的事情忘记了。

茱莉亚是在我被关进来之后，第一个新入狱的女囚犯。她很年轻，身上具有一种特殊的活力，如果我对这座监狱不够了解，我会觉得这种活力是危险的，但实际上这完全是多虑了，狱卒们喜欢有活力的人，他们喜欢用精力充沛者们的投诚，证明这监狱的优秀，在我看来，这可能也是一种自我辩护。

除了活力，茱莉亚最异于其他囚犯的一点是，她常常怀念的并不是绘画、雕塑或文学之类的艺术品，而是最简单的食物。这也是为什么，她让我想起了晚餐的事情。

就在那天，在那可能是狱卒的女孩问我在墙上看到了什么的那天，茱莉亚也凑过来，把茂密的金发贴在我脸上，好像一株牵牛花。她反驳了我："你在胡说什么？这上面什么都没有，这墙只是一面镜子，但镜子是无罪的，它很可爱，我们都可以在上面看到自己。你知道吗？我喜欢看吃完蛋糕之后，瓷盘子上面倒映出的我的脸。今晚我们能吃到蛋糕吗？"

"蛋糕就是甜蜜。"茱莉亚这样总结。

我很羡慕她对食物的热爱与专注。尽管我也很喜欢吃饭，但我从未完全把热爱留给食物本身。我更喜欢围绕着餐桌的氛围，这也是我和另外两个朋友，每年都要聚餐一次的原因。上次聚餐时，我们因为讨论一个故事大吵了一架，最终不欢而散。之后不久，我就被抓进了这座监狱，每天对着水晶墙看，我几乎要忘记了时间，直到茱莉亚出现。她像一只嗷嗷待哺的乌鸦，反复提醒着这个世界，进食对生存有多么重要的意义。所以我想，今年我还是应该去赴约的，对那个故事，我有了新的想法，这次我相信自己可以说服他们。

目前要解决的，就只有怎样越狱的问题了。

白

如果不是差了三分，我现在应该已经是个研究员了，坐在办公室里，针对蛇颈龙的消化系统问题，翻烂几百本厚书，喝掉几吨咖啡，最终倒在台灯下面。大家参加我的葬礼，神色凝重地把钱塞给我的儿女，然后等着他们语调低沉地说"谢谢"。

这事怪不了任何人，全是我自己的错，关键的几堂课上，我总耐不住诱惑，跑去隔壁的教室听人讲天体物理。曾经有老师评价我：此人什么都好，唯独爱好过于广泛，适合做些有创造性的工作，如果从事研究，对他、对学术都有极为不利的影响。所以在分配工作的时候，学校的工作人员充分听取了他的意见，为我选择了粉刷匠这一职业。当时我去领介绍信的时候，介绍人饱含深情，对我说："我真羡慕你，整座城市都是你的画布，你可能会成为下一个凡·高，下一个毕加索，或者诸如此类的伟大人物，到时我不求你感谢，只要偶尔回忆起今天，我就心满意足。"

与其说像凡·高或是毕加索，倒不如说我像是孩童时代的达·芬奇。因为我们的画家之路，都是从最简单的基本功开始练起的，他是画鸡蛋，而我是刷大楼。

我们这个城市的粉刷工作有独到之处，但若让我用言语解释，可能要颇费一些功夫，有时我会想如果拍成电影，则非常直观，一目了然。总的来说，我们粉刷的时候，全市的楼房是都要同步进行的，比如今天我在市政厅的楼顶处，刷了二十厘米，明天我就再去警察局，在他们的楼顶也刷二十厘米，直到全市所有建筑都刷了同样的宽度之后，我再回到市政厅，继续往下刷。尽管在效率上可能稍显低下，但对市容统一有着极其重要的意义，所以广大市民都认为，这种设计是非常必要的。至于色差的问题，也完全不必担心，本市所有建筑，高矮楼房，内外墙都为纯白色，我们的工作只是定期把它们刷得更白而已。

除了刷楼房，我平时也有些别的事做，比如找女朋友、吃饭和编故事。对恋爱，我其实很不强求，顺其自然。在读大学的时候，也曾有些很不错的女孩追求我，可当时我的兴趣太广，完全没有心思浪费在这种事上。在毕业之后，尽管粉刷的工作很闲，可女孩们又已不再对我倾心，这种事常常让我想起哲学课上所说的矛盾。我对工友们讲过几次，他们说再等几年，自然会有人给我介绍合适的对象。我为之非常愤怒，觉得他们以自己的经验来揣度我，妄想我也落入如他们一般的家庭陷阱中，对我太过轻视，就干脆推掉一切媒人，找女朋友的事无限搁置。

至于吃饭，我有两个非常稳定的饭局，一个频繁些，另一个则完全相反。比较频繁的是和我的大学室友，他为人枯燥呆板，但十分刻苦，毕业后就被招进系统，负责出版作品的审读工作，像一个审查官。我之所以常常约他一同用餐，就是因为想去他那儿读些送来审查、等待出版的书稿，这些东西被毙掉的比例往往高达七八成，我和他几乎就是"唯二"的读者。

那些不被许可出版的书稿，绝大多数都是垃圾，充斥着色情的幻想，如果印在纸上大肆销售，只会让星球失去更多树木，除此之外，别无他用。但偶尔也能读到些有趣的，个别几本甚至让我拍案叫绝，产生出想把这书稿留下，偷偷带走的想法。但审查官朋友看得极紧，无论我塞进腰间还是藏在裤管，都会被他发现。有次我装作急着如厕，想抓起书稿跑掉，却被他抓住手腕，质问我要去哪儿。我恶狠狠地回应他："老子要去如厕，急得很，拿你这几张破稿子去擦屁股。"他硬是从我手里夺出来，又塞给我一卷卫生纸，说："老兄，我知道你工资不高，平时拮据，但也是为社会服务的，绝不该亏待了自己，快拿上这卷软的，切莫擦坏了你这任劳任怨、无私奉献的好屁股。"气得我把卫生纸往地上一扔，说："不用了，不用了，你这王八蛋屁话太多，老子已经拉在了裤子里。"

尽管不能带走，但所幸我要在他那儿读的话，他也决不阻拦。这种活动我坚持了好多年，从他初进职场，到慢慢结婚生子，人也发胖，万事都大不如前，唯有审读速度与薪水、职称与日俱增。很多书稿我还来不及看，就已经被他打上"不予通过"的结果，付之一炬。我很惊异，有些书稿简直可称为天才之作，可他往往粗略扫上几眼，就撕烂踩碎，毫不留情。有次我问他："这些稿子，你烧掉它们的时候，没有一点心疼的感觉吗？"他笑笑说："搞文学，搞艺术，都是学者老师们的事情，我只是好好工作，没什么其他的想法。"

我想我们大概就是那种，相识很多年，却还是无法互相理解的朋友。但有件事却还是不得不感谢他，就是我从他那儿的书稿中，找见两个极其不俗的作者，后来又约他们见面，达成了每年聚会一次，借晚餐之名，尽情高谈阔论一番的协议。审查官朋友也知道这事，一开始他并未发表意见，但后来他偶尔劝我，作为粉刷工人，不宜跟知识界走得太近。实则此言大谬，殊不知城市就是我的画布，粉刷工与艺术家，乃一奶同胞，骨血至亲。

和他们两个吃饭，是我平淡生活中最值得期待的事，今年晚餐的日子又近了。

红

【记录 –325】

继续记录。

来到该区域已经快一年了，受氛围影响，我已逐渐忘记通用纪年，只用数字记录时间。

在此粗略阐述受录人群的生活观念：尽管他们设置了大量节日，并用不同的方式庆祝，但实则这些庆祝活动的重复性较高，节日期间受录人群的情感状态也大致相同，我不能确定这种状态是否真实。在大多数非节庆的普通时间里，他们的生活重复着，但绝大多数的受录人群并不认为这种情况存在问题，他们沉浸在无意义但充实的生活中。

与我最初的设想并不一致，在这近一年的时间中，始终未爆发社会层面的大型事件。该区域尽管发展程度较低，但居民普遍具有较高的自我认同，他们自发形成某种契约性质的社会秩序，借此消解超出生活需要的个人情绪。

【记录-337】

继续记录。

还有不到一个月,该区域将迎来最重要的节日——"新年"。

这一信息由我暂住的居民家庭告知,他们已经在积极筹备新年的庆典活动。

【记录-340】

继续记录。

在和暂住家庭一起吃饭时,他们聊起外界。

该区域的公共媒体,始终在频繁宣传外界空间的危险性,以及强调该区域的高度发展水平。虽然绝大多数为不实消息,但居民普遍相信,并在生活中保持着较高密度的讨论。

今天,暂住家庭中的父亲问起我,在外面的其他城市之中,是否也有节日的存在。我向其简单解释了通用纪年,但未详细阐明使用通用纪年的历史与原理。暂住家庭中的母亲,为我热情讲解了他们关于"新年"的传说,是一个原始主义、带有泛灵论色彩的故事,但该区域居民对此深信不疑,并认为严格执行"新年"的庆祝仪式,会为他们带来好运。

【记录-351】

继续记录。

我和暂住家庭一起筹备"新年"活动，已经有几天的时间了。在此过程中，我重新审视自己之前的观点，当地居民可能并不是出于迷信角度——至少不是完全出于——在庆祝"新年"，节日的意义对他们来说，可能更大程度上是某种群体性氛围构建，他们借此行为，达成个体与个体之间关系的促进。也许他们的社会，就是用这样的方式变得更加紧密。

【记录-359】

继续记录。

今天，暂住家庭一家人邀请我参与他们与亲属的聚餐，我拒绝了。

尽管出于躲避追捕的目的，我离开城市来到这里，但毕竟还存在观察与研究的客观需要，我不能与当地居民太过接近。早年间，人类学家们时常针对这一话题展开论战，研究者与被研究者的距离，至少不应该因为研究者的处境而产生变化。

继续记录。

【记录-360】

继续记录。

我进行了街道观察，该区域的居民对"新年"的定义就是红色。

人们在大街上挂满了灯笼，商贩用红色的果子制作甜品卖给孩子，他们手里拿着那些甜品，在每一条巷子里穿来穿去，在我生活多年的城市中，这样的景象从未被允许过。

我隔着餐厅的玻璃，看到每一桌都坐满客人，饭菜的热气像是无数根绳子，把整个城市都抓在了一起，他们对餐饮活动拥有极其强烈的归属感。我回忆起，自己也曾和别人建立过类似的契约——每年都要聚在一起，针对具体话题进行些具有趣味性的讨论。

即便是学者，也理应拥有不同的侧面，只要在学术活动中保持独立，就没有问题。

【记录-362】

继续记录。

暂住家庭一家人这两天都没在家里，通过电话询问，我才知道，他们每到"新年"，都要参加家族组织的大型聚会，一般为期一到两周，所以未来几天的时间里，我都要自己在家。

继续记录。

我利用这段时间，可以整理下这一年来的笔记，如果某天回到城市，我可以找朋友通过秘密途径出版，这对城市居民来讲，一定是很宝贵的阅读资料。

继续记录。

【记录-363】

继续记录。

继续记录。

继续记录。

有孩子站在我的窗外，很久，雪落在她的帽子上，把她的鼻子冻得红红的。

也许我们的城市也该多些节日，这样我们才可以成为孩子。

【记录 -364】

直到今天，我才恍然大悟，明天就是约定好的晚餐日了。

无论他们俩对晚餐的看法是怎样的，我都要说，每年的晚餐，都是我最开心的日子。

从儿时开始，我大量的时间都用来学习和思考存在的意义、社会的本质、人类的价值，这理当是一个拥有天赋者的使命。但只有在和他们俩见面的时候，我才可以做个"想象者"。

想起来很好笑，去年晚餐，我们竟然会因为一个格外荒谬的理由不欢而散：我们共同编造一个故事，然而对结局的走向，产生了严重的分歧，彼此各执己见，只好约定用一年的时间重新思考，今年聚会，把这个故事讲完。

之后就是抓捕，逃亡，我孤身一人来到这里，开始不知道何时是尽头的研究。

我想思考如果是被诅咒的，那人类也理当拥有创造节日的权利。

这一年来，我偶尔会想起，他们两个是否已经身陷囹圄，今年的晚餐，怕是吃不上了吧？

不确定感常常追赶着我。

折磨着我。

现在我要为这种不确定感,画上一个句号了。

我不去赴约了。

外面的灯笼那么红,他们要开始放烟火了,人们还在等我。

看不见阴影的大厦

我和埃米尔院长,是在一场当代艺术展上认识的。那是一场个人作品展,里面所有的作品,都出自我父亲的一位好友之手。实际上,我之所以会选择去法国留学,也深受这位叔叔的影响,只不过我没有像他一样学习绘画,而是选择了电影专业。那位叔叔第一次在法国办个人展览时,我问他能否把策展的工作交给我,他当即同意,并且热情地鼓励了我,还指点我很多策展方面的经验。我就是通过这样的机会,才认识了埃米尔院长。

埃米尔院长是个矮胖的中年人,有一张憨厚的标准白人脸。当我陪着他在展区里漫步,向他介绍叔叔作品里的文化元素时,他微笑地看着我,用流利的汉语向我发问:"这些作品里,哪一个是你自己最喜欢的?"

我惊讶于他对汉语的使用竟如此熟练,脱口而出:"没想到你会说中国话!"埃米尔院长并没有回答或做出解释,只是微笑地看着我,我意识到了自己的失礼,向他表达了歉意后,带他走到了一幅巨大的油画前。

面对着那幅油画,我说:"坦白讲,我对这位艺术家的每件作品都有着很高程度的认可,但仅从情感上来说,最能打动我的还是这一幅。"

那是一幅很诡异的画。画的主体部分是我那位叔叔的自画像,可他的面容却极为扭曲,眼睛占据了整张脸的绝大部分空间,其他感知器官都画得极为模糊,几乎不可见。还有一张萎缩的嘴,正在尽力闭合,却被四面八方飞来的铁钩牵住,那些铁钩牢牢地扯在那张嘴上,似乎要扼制它萎缩的趋势,强制它张开。脸的下方是孱弱的四肢,连在鲜明的肋骨和饱满的腹部上面,像是传说故事里的那些饿鬼。在这些饿鬼的身后,有一座灯火通明的超级都市,都市里每座大楼上面,都有一个小小的身影,他们手里攥着绳子,连接在那些把嘴扯开了的铁钩上。

埃米尔院长依然微笑,他说:"很棒的画,很有意思的想法。"我一直站在他旁边等候,虽然展区里还有其他的访客在走来走去,可我的兴趣完全被眼前这个矮胖子吸引住,他身上似乎有些神秘的东西在引诱我,那东西也许会很有趣。

他盯着那幅画看了好一会儿,才对我说:"真不好意思,年轻人,耽误了你这么长时间,你应该还有很多工作要忙吧?也许未来我们可以找个机会好好聊一聊,当然是在你愿意的时候。"

我们就此交换了联系方式,他很认真地握了握我的手,出门离开了。

那次展览很快就结束了,我有点失望,因为跟我预想中的效果相差甚远，那位叔叔的展览，并没有在法国文化界引起太大的讨论，在展览期间也没有什么值得一提的人物到场，我为策展跑前跑后所付出的努力，最终的收获只有简历上的寥寥几笔。

尽管兴致不高，但我还是发了朋友圈，说这次策展是我人生中的宝贵体验，能向法国的艺术爱好者们展现中国文化之美，是我最大的荣幸。那位叔叔在下面评论我："有没有在展览上遇到什么有意思的人？"我绞尽脑汁，才终于想到了讲一口流利汉语的埃米尔院长，跟叔叔提起之后，没想到叔叔竟然也知道他，两人多年前还曾见过面，但叔叔完全不知道埃米尔院长会说汉语的事，叔叔只是告诉我，埃米尔院长认识很多有趣的人，如果我想拍点"真正有意思"的东西，不妨去找他。

我想起在看那幅画时埃米尔院长散发出的神秘气息，对他的好奇愈发浓厚，就向埃米尔院长发了邮件，邀请他一起喝杯酒，聊一聊。可一连几天过去，都没有收到回信。我之后又发了几封，也全都石沉大海。随着学业逐渐繁重，我也就渐渐把这事抛到了脑后。

一直到学期快结束的时候，我才收到了埃米尔院长的回复邮件，他首先对我表达了歉意，说之所以没有及时回复，是因为前段时间工作中遇到的一些难题，占据了他很大精力，然后又告诉我，最近他已经解决了难题，问我有没有兴趣到他工作的地方参观一下，可以聊聊，或是给我的创作找找灵感，如果我愿意的话，甚至可以带上摄影机器。通篇都是中文。

实话说，那时候我正好在为毕业选题绞尽脑汁，同学们都已早早确定了方向，可与他们不同，我具有更大的野心。在这种境况下，埃米尔院长的邀请，像是伊甸园里的禁果一样，突兀却甜蜜地忽然闯进我的生活，在我前方的不远处，散发着迷人的清香。尤其是，我还注意到，埃米尔院长对工作地点的描述，用了"病院"一词。

我整理好拍摄需要的设备，带了足够我一连拍上几天的硬盘和电池，欣然赴约。

埃米尔院长的病院位于郊区，我开了整整一上午的车，才终于到达目的地。尽管到的时候正值中午，可因为刚下过雨，天气非常阴沉，没有阳光和温度变化的提醒，我的时间观念变得极其模糊，只能通过不断看手表来获得安全感。在来的路上我曾穿过一片茂密的树林，里面昏暗而阴郁的气氛让我觉得身上总是发痒，总有一种抑制不住的、想打开车灯的冲动，这种冲动一直持续到远远看见埃米尔院长的身影时，才从我的身体里迅速消失，就好像从来没有出现过一样。我回味着路上的感受，想象用怎样的视听设计，才能更直观地将其记录与表达出来。

埃米尔院长已经早早地在门前等待我，他身边站着几个漂亮的年轻女孩，完全不同的人种，但全都是护士装扮，也都高挑而靓丽，脸上带着相似的笑容。我一下车，埃米尔院长就热情地向我挥手，我也微微鞠躬，以示回应。和上次见面时相比，他几乎没有任何变化，看上去神采奕奕。他穿着一件白大褂，下面的西裤是笔直的，毫无褶皱，尽管踩着松软潮湿的泥土，可那泥土却一点都没有沾到他的皮鞋上。我从副驾驶座位上，小心翼翼地把摄影机取出来，拍摄病院门口的每一点细节。埃米尔院长始终微笑地看着我，不发出任何声音，好像是不想破坏了我的拍摄进度。那些美丽的护士，也都用堪比超模的端庄姿势，站在他的周围，一动不动。

如果不是光线的变化，我可能还要在聚精会神的拍摄中持续更久。当我高抬起摄影机，把镜头指向了病院的名字时，监视器里的画面忽然变得明亮，我才注意到，原来雨过天晴，太阳已经重新在天空中显现了，我抓拍到了一个病院楼顶从暗到明的宝贵镜头。我向埃米尔院长道歉，可他却说很欣赏我沉浸在创作中时的样子，完全不会觉得有什么失礼。我收起摄影机，在埃米尔院长的带领下走进院区。在迈进院门的那个瞬间，我又一次看向病院的名字，"Sagesse"，在法语里面，是"智慧"的意思。

在从院区门口去往大厦的路上，埃米尔院长向我介绍了病院的信息。

"Sagesse"病院，姑且叫它智慧病院吧，用埃米尔院长的话说，他更愿意称之为精神疗愈机构。这里的大厦曾是一座颇负盛名的现代艺术馆，由某位名噪一时的雕塑家与建筑大师设计。在大师生前，这座艺术馆被专门用于展示大师的艺术作品。而在这位大师悠长的创作生涯中，他一直饱受着精神疾病的困扰，所以在去世前，他留下遗愿，希望艺术馆能被改造成病院，帮助那些还未能从自我煎熬中解脱的可怜人。

在埃米尔院长介绍时，我抬头看去，整座病院极为高耸，形状古怪，如果非要去描述的话，就像是个被无数长矛刺穿了的巨人，又像一棵生长过剩的树。在抬头的时候，我觉得阳光变得越来越刺眼，古怪的炎热在迅速滋生，我的汗不断涌出，滴落在漫长的甬道上。这种焦灼一直持续到我迈进大厦大门的那一刻，才忽然间完全消失。大厦的正门像一道铁幕般隔绝了寒暑，我想，此刻应该是最完美的正午，太阳光直射在大厦的顶端，才会有这样神奇的效果。如果把这一幕拍出来，一定会很像韦斯·安德森的风格，我想。

我们进门之后，那些护士就迅速地散开，消失在了不同的狭长通道里，埃米尔院长解释说，现在正是病院忙碌的时段，护士们需要去安排患者们的午餐及餐后休息，未来几天的参观与取材，主要由他本人亲自负责。

我们的第一站，是埃米尔院长的办公室，位于整座大厦的最高层。从电梯里走出来的时候，我惊讶地发现这一层几乎所有设施都是白色的，只有电梯正对面的门上，用金色文字写着埃米尔院长的名字。门口还站着两个人，其中一个是美丽的白人护士，我不确定她刚才是否在门口出现过，但她的站姿和笑容，都和刚才那些女孩完全相同；另外一个则是高大英俊的白人男性，他身上穿着整套的雪白西装，连皮鞋都是白色的，没有头发，戴着一副在黑帮片里经常会出现的那种墨镜。

"这是迈克。"埃米尔院长说。

"意大利人，他自从出生就被一种怪病困扰，极度畏光，在明亮的环境中，甚至连五分钟都无法停留。他为了治愈自己走遍欧洲，没有医生或是学者能给他答案。直到几年前，他来到了'智慧'寻求帮助。在这里，他终于获得了一直以来梦寐以求的解脱，他现在已经爬出了自己内心的深渊，成为健全的人，或者如果骄傲一些来说，身处这片洁白明亮的无垢世界里，他坦然得几乎可以被称为艺术品。"

埃米尔院长说完，向意大利人迈克微微颔首。白人护士主动打开了办公室的门，在我们两人走进去之后，又轻轻地把门关上了。

办公室内部不再是无限的纯白色，而是一个堆满了各类物品的大房间，与其说像办公室，不如说更像书房、放映厅或展览馆。第一面墙是一面大书柜，里面摆着大小、颜色、样式各异的各类书籍；第二面墙则放着整齐的录影带，这面墙完全是黑色的；而由门的两侧构成的第三面墙，则贴满了拍摄于不同年代的照片，我粗略地看了看，照片题材各异，没有什么规律，唯一的共同点是，里面都有人物作为主体，没有一张是完全的风景摄影。

埃米尔院长走到窗边，在自己的那张大办公桌前坐下了。他招呼我，说房间里的一切都是他的私人收藏，我可以随便看看。我看着那张办公桌，上面也摆满了书，但种类要更加全面，甚至里面还有一些是用竹简和羊皮制成的。

埃米尔院长注意到我的目光，他微笑着，向我解释桌上那些物品的来历："作为一个心理学家和艺术爱好者，我最大的兴趣就在于记录，有时候条件匮乏，我必须尽快运用手头上能找到的工具。桌上这些并不是书，而是我多年以来积攒下的笔记，有时候找不到合适的纸张，我就用其他材料来作为载体，显得杂乱了些，但比起上面所记录下的价值本身，形式上的统一就没有那么重要了。"

我看着他桌上满满当当的笔记，心里暗想，如果把上面的内容都整理出来，一定是庞大到近乎恐怖的文本量。

我说："您记下这么多的内容，一定耗费了很多心血，真的有那么多值得记录的东西吗？您选择记录的标准是什么呢？"

埃米尔院长说："我的兴趣就是记录本身，我不会以是否有价值来作为评判标准，来裁决世界上的事物应不应该被记录下来。在我眼里，人类的任何行为，都蕴含着难以想象的巨大趣味。日本曾经有位作家说，世人都是精神病，而地球就是精神病人的大型解放治疗场。我对这样的观点深以为然。某个平常无奇，甚至有些开朗的高中生，某一天忽然成为强奸或是残虐的施暴者；战争中的士兵，忽然爆发出尖锐的叫声，用难以理解却高效的方式自相残杀。人类种种莫名而奇异的行为，在发生之前都毫无迹象可言，这其中蕴含的秘密，是对我最大的诱惑。

"可能是作为医生的通病吧，我迷恋观察与探索，举个例子，远在维萨里划开绞刑犯的肚子之前，中国的医生们就已经总结出了五脏六腑这样的人体结构，传闻中扁鹊甚至能一眼看出患病者余下的寿命，这种神奇的力量，正是对无数人的观察与总结，对病症的深入理解所赋予他们的。而作为精神病学者的我，有赖于现代科技的进步，能更好地把人类无序而神秘的行为与心理复刻下来，这些记录必将带给人类新的提升，也许未来有一天，地球不再是精神病人的解放治疗场，而真正成为清醒者与觉悟者的乐园，这就是我一个普通人的价值和幸福所在了。

"当然，我目前还处于记录的阶段，远远不到能真正通过总结来造福于人类的地步，在这种境况下，我选择虔诚地相信艺术的力量，因为最伟大的艺术家们，往往可以逃过自身的限制，提前从无序中拯救自己，尽管他们在日常生活中呈现出的状态，并不能为世人所接纳，但究其根本，还是人类所普遍拥有的精神问题，导致了他们对进步的恐惧与抗拒。对这种抵触和不接纳，我能保证的是，在我的精神疗愈机构里是完全不会存在的。虽然外界称这里为病院，但实际上，我所帮助的是真正健全并且符合标准的人类。他们正在通过自己的艺术与世界产生共鸣，而我则充当一个卑微的记录者，尽我之力让那些宝贵的作品不会遗憾地消失于无形。

"在这个过程中，我也渴望着志同道合的伙伴和接纳我理念的朋友。我认识了很多艺术家，他们中的绝大多数人都在世俗上取得了巨大的成功，可并不是每一个人都能认识到自己事业的真正价值。而你不同，年轻的导演，我的朋友，我在你身上能感受到真正的艺术之甘味，这也是我邀请你来到这里的原因。"

我似懂非懂，礼貌而客气地表达了感谢。

埃米尔院长还是微笑着，对我说："艺术的事情不用急的，我们先去吃午餐吧。"

智慧病院的伙食，同样出乎了我的意料，与过去印象中的营养餐或是病号餐不同，这里的餐饮由一位技艺极其精湛的日本厨师负责。病人、护士和医生们面色平和，整整齐齐地等在出餐台前面，享受鲜美的生鱼片。在埃米尔院长的引导下，我也吃了一些，鱼的新鲜程度和处理水平，甚至要好于绝大多数的日本本土料理。

食堂的装修也很有艺术气息，形态和颜色均各异的餐桌不规则地分布在食堂的各个位置，病人座下的椅子极为宽阔，还可以移动，如果病人们愿意的话，甚至可以躺在椅子上，一面吃饭，一面在食堂里自由漂流，食堂的地面就像是湖泊表面一样平滑，不知道使用了什么样的技术，才可以做到这种程度。食堂的天花板，是一面完整的大镜子。我抬头看了半天，一点都没有发现接缝的痕迹，但随着我向上凝视的时间越来越长，越来越多的目光开始透过镜子与我对望，他们的眼神有些说不出的味道，如果非要形容的话，那眼神不像是属于成年人的，而更像是刚出生的孩子的。我想起埃米尔院长的话，也许病人们在这所病院里，得以保留了独属于艺术家的纯洁。

病人们并没有像普通医院的病人一样，穿着蓝白条相间的病号服，而是身穿各式各样的职业套装，有的是农夫，有的是工人，有的是警察，千奇百怪，应有尽有。他们的样子太真实了，以至于我刚刚走进来的时候，还以为走错了地方。在埃米尔院长的解释之下，我才知道这是智慧病院的一种特有的疗法。

"艺术家们需要体验不同的人生，这样才有助于提高他们认知的广度,有利于创作。"他说。

我恍然大悟,拿起机器对着病人们拍来拍去。他们并不抗拒,只是依旧懵懂地看着我。这些职业套装里,白色是最多的,我猜测是因为医生和护士们还穿着他们本来的制服。一想到这儿,我的心中忽然又涌起了一个疑问。

"埃米尔院长,病院提供给病人的衣服里,也包括医生服装吗?"

"当然,医生是这个社会里重要的组成部分,社会需要医生,艺术也同样需要医生,艺术家们需要成为医生。在我们理应追求的理想地球上,任何时间,任何位置,艺术家都不应该是缺席的。至少在我们的疗愈机构,为艺术家们提供这样的条件。"

"可是如果病人也穿上了白大褂,那我们要怎样才能分辨他们呢?是因为病院里的工作人员们,都已经完全记住了病人的长相,所以通过记忆来辨认吗?"

"不是的,当一个人穿着白大卦的时候,他就成为医生,所有人都会认为他是医生。"

我环顾四周,发现一身白色西装的迈克也坐在窗边,正慢条斯理地用餐。他的筷子用得很熟练,夹起生鱼片,蘸好酱油,稳稳送进嘴里。阳光透过干净的玻璃洒在他身上,显得十分静谧。我又想起埃米尔院长说的,迈克现在看起来,确实"坦然得几乎可以被称为艺术品"。

我拿起机器对着他,记录下他安详吃饭的样子。监视器里窗外的光线正慢慢暗下来,应该是一片云遮住了阳光,我注意到迈克拿筷子的手上青筋暴起，似乎在压抑着什么。埃米尔院长也注意到了他的异常，踱着步子走到迈克身边，抱住了他，像是个疼爱婴儿的母亲一样，把迈克的头拥入怀里，低声耳语着。迈克的情绪逐渐平复。与此同时，外面的阳光也重新进入房间，把迈克身上的西装照得那么白。

埃米尔院长在完成安抚后，回到我的身边解释说："迈克在克服了对光线的恐惧之后，很憎恶曾经怯懦的自己，所以有时在周围的光线发生变化时，他会格外愤怒。不过这并不是一种常态，只是偶尔发生，现在的迈克，总体来说还是个非常勇敢而冷静的男孩。"

我看了看那边安静坐着的迈克，心里聚集起越来越多的疑惑，但更加浓郁的兴奋感也一起涌来。智慧病院的种种奇异之处，无疑是吸引眼球的绝佳利器，只要在这里花上足够多的时间，拍摄更多精彩的素材，我完全不怀疑，我的作品会在一众毕业作品中脱颖而出，甚至震惊整个艺术界都并非不可能。

带着这样的期待，我当天就制订了详细的拍摄计划，随即就投入紧锣密鼓的工作之中。

我最初的想法是从迈克下手。我在他身边，装作不经意地不断拉百叶窗的拉绳，让阳光把他的脸照得忽明忽暗，希望能趁埃米尔院长不在，捕捉到迈克失控的画面。可除了食堂那次，迈克似乎真的就像埃米尔院长所说的，勇敢而冷静，即便是天黑之后，阳光完全消散，黑暗把他整个吞没，迈克的情绪也仍然没有任何变化。

无奈之下，我只好继续寻求埃米尔院长的帮助，希望他能帮助我在病院里找到一些灵感。未来两天的时间里，我在埃米尔院长的带领下，参观了病房区、治疗区、办公区等一系列其他病院也同样具备，但在智慧病院却有着完全不同样貌的区域。富有创意的装修和充满奇思妙想的艺术创作，在这些区域里随处可见，最初确实带给了我一些满足感，但很快，我就对这些不断出现的艺术品感到了乏味，我又一次感受到，当想象力成为一种常态化的时候，想象力本身就变得枯萎——在我学习艺术的过程中，我常常有这样的想法。

我开始怀疑，埃米尔院长对我隐藏了些什么。同为艺术家的我们，对不可多得的作品，天然就存在着竞争关系，也许他带着我故意远离病院里的病人，就是不希望那些艺术品被我染指，把本该属于他的成就与声名，从他身边夺走。

于是从新的一天开始，我开始试着支开埃米尔院长，去和那些病人接触，试图从他们自己的口中挖掘出一些新奇的理念，来填充进我自己的影像作品中。可让我失望的是，他们与我聊起的话题全都平平无奇，不仅不是艺术，甚至连吸引我的注意都做不到。我变得越来越焦躁了。

到了第三天的黄昏，我叫住走在前面正侃侃而谈着的埃米尔院长，对他说："院长先生，我想对您说，您的精神病院确实很有艺术价值，可恕我直言，这些并不是我真正想看到的，如果我只是对墙上那些涂鸦感兴趣的话，巴黎市区里随便一家美术馆都可以满足我的需要。您口中那些所谓的艺术家，我在采访过他们之后，发现他们完全就是沉浸在自己的角色扮演里。昨天下午，我跟那个穿着背带裤的瘦子聊了整整三个小时，我一直以为他是个活在当代的凡·高，可他却一直在跟我讲，怎么修好一辆该死的大脚拖拉机。如果您没有其他惊喜给我的话，我想，到了明天早上，我就要和您说再见了。"

我的语气很恶劣，因为我觉得我的时间已经被浪费太多了，从无人问津的中国画家个人展，再到现在这个死去精神病人留下的破艺术馆，如果我还不能获得一些回馈的话，我不光无法拿出震惊艺术界的毕业作品，甚至连按时完成它都会有难度。

埃米尔院长安静地听完了我的抱怨，脸上依然带着他那恼人的微笑。

他说："真棒啊，我的朋友，我很高兴，我们的理念又一次完全统一了。真正的艺术，绝不应该是那些已经丧失了生机的死物，而是真正活生生的人，对吗？不过听你的话，似乎那些正处于体验之中的艺术家，并不太能让你满意啊。好吧，跟我来，我带你去见一个人，你在他身上应该能找到自己想要的。"

就这样，埃米尔院长带着我，走出了病院大厦，重新站在了外面的土地上。这是我从走进这幢建筑开始第一次出来。可能是看了太多艺术品的缘故，在我的眼睛里，外面的世界好像歪七扭八的，都在摇摇晃晃，明明没有风，外围那些茂密的树却在不断向着病院的方向摆动，它们相互摩擦，发出接近于海浪的声音。

我们一起围着大厦走了半圈。这楼实在是太大了，我们迎着落日，从一个又一个柱子的缝隙间穿过去。太阳没有很亮，也没什么温度，但照在脸上的时候还是让我有些不适，我只好一直眯着眼，手像凉棚一样搭在眉毛上。

大概到只剩下不到一半的落日浮在地平线上时，我终于看到了埃米尔院长说的人。他让我很惊讶，因为我终于在智慧病院里，看到了一个穿病号服的人。更让我惊讶的是，那家伙完全长着一副亚洲人的面孔。他在一片宽敞的空地上，跑来跑去，上蹿下跳，盯着所有他能找到的东西猛看，嘴里还不停地嘟囔着："都有，都有！"说的是中国话。

埃米尔院长指了指他，说："去吧，年轻又富有才华的导演，那里就是作品和答案。"

我摘下镜头盖，开机，慢慢地向着那人走去，一面走，一面问："您好，如果不介意的话，可以和我聊聊吗？"

那人看见我走过来，就停下了动作，背着手站定，直视镜头，一直到我走到他面前。

我说："怎么称呼您比较合适？"

他说："我姓梁，你可以叫我文森。"

我说："文森？"

他说："文森你不知道吗？Vincent，凡·高的名字。"

我说："所以您是一位画家？"

他说："你是不是虎啊老弟，我穿着什么衣服，你自己瞅瞅。我怎么能是画家呢？我是病人。"

我说："您觉得自己得了什么病？"

他说:"唉,别提了,我的病就是能看见——你还要问我能看见什么是不是?我直接告诉你吧,我能看见另一个世界。那个世界是黑色的,但是跟咱们这边错开了一块。"

梁文森,或者说文森梁,一面说着,一面蹲在了我的脚边,用手摸着我的影子,对我说:"就在这个地方,嗯……另一个你好像比这边的你稍微高一点。"

我把镜头低下去,对准了他:"你说的是……我的影子?"

文森梁站了起来,朝埃米尔院长的方向走了两步,然后忽然回过头来,神情严肃,手指着病院大厦的楼顶,说:"就这个没有!这座楼是只属于咱们这边的!"

我连忙抬高摄影机,对准了他手指的方向,却发现只是普通的楼顶,再无其他特殊之处。我把镜头摇回来,重新对准文森梁,就在这个时刻,我忽然体会到他话里隐含的意思。

"你的意思是,这幢大厦,没有影子?"

我把摄影机从眼前移开,用肉眼看向不远处的大厦,发现它真的没有影子,可当我看向文森梁和埃米尔院长,以及我自己的面前时,也一样没有发现影子的存在。我向远方望去,原来刚刚那一点残存的夕阳,现在已经完全被地球的边缘包裹了,而地球上的一切,都陷入了暧昧的昏暗之中。

在接下来形影不离的跟拍过程中,我逐渐了解到文森梁的过去。

据他本人所说,他的家乡是中国东北部的一座小城,在前三十年的人生中,他一直是汽车公司的修车工人,初中学历,不会任何外语,也没有接受过艺术教育。

他已经记不清自己为什么会出现在法国,只有依稀的印象——他被黑色的怪物追赶,那些东西从另一个世界赶来,纠缠他的生活,无所不在,无孔不入,亦步亦趋,永远站在光的对立面,向他发出无声的嘲笑。

据埃米尔院长所说,他遇见文森梁的时候,文森梁正绕着智慧病院看来看去,像只充满好奇的动物。

那时候,埃米尔院长走到他面前,问他:"朋友,你在找什么?"

文森梁说:"艺术,在你这儿,我闻着了艺术的味道。"

"艺术的味道,是什么样的?"

"别问我,你没看见我现在已经是病人了吗?去,拿着你那破机器拍别人去,我没闲工夫陪你瞎闹,另一个世界的事我还没整明白呢。"

"你讲讲,我可以付钱的。"

"付钱?法郎?人民币?美元?在另一个世界,它们都是黑的,没有任何区别。"

"你来这儿不是找艺术的吗?怎么现在变成病人了?文森梁?文森梁!"

"梁——Vincent——病?艺术?艺术……艺术。"

在说完这句话之后,文森梁整个身躯似乎在快速地收缩,稳定到了一种伛偻而忧郁的状态。他的眼神躲闪,偷偷地用细长眼睛里的余光看向我,双臂收拢,却不敢完全抱住自己的身躯,像是个即将告别爱人、行将就木的诗人,只是那扮演爱人的演员,正是他自己。

"第一年,我爱上了一个女人。那女人太瘦了,我和她躺在床上的时候,她的肋骨常常割伤我,它们锋利得像刀子。我们躺在水池里,可乐就从水龙头里面钻出来吻她,我嫉妒得发狂,我一把一把地抓起可乐,然后将可乐捏成一堆气泡。

"那女人有个很怪的姓,她姓'谬',我会用'谬'这个字组词——谬论,荒谬。上帝发明这些词,她用她的名字形容我。第五年,矿里的煤炭终于被挖光了,全市的车都不能再发动,一辆车本来可以坐四个人,把它拆碎了,四个轮胎,还是可以装四个人。

"我和她挤在一个轮胎里,她瘦得就像我和轮胎间的一张纸。所有的轮胎都在坑里。坑是工人们挖的,上帝怕工人们挖到地心,他没有让我们语言不通,他让煤炭消失。我最好的朋友,他姓梁,他垂直地挖,他要去地心和上帝对峙,我和谬,我们掉进了梁的洞里,梁的陷阱。

"第十年,我掉到了法国,她掉去了另一个世界。"

说完这句话,文森梁像一张被揉皱了的白纸,慢慢舒展开来,身上满是折痕。

"我需要一盏灯,把灯给我,我就告诉你艺术的味道。"

当我第二天醒来的时候，病院外面在下大暴雨。

我浑浑噩噩，从床上爬起来，被潜意识拖拽着躯体，拿起摄影机往文森梁的房间走，脑海中浮现出文森梁说的那个女人，挥之不去。智慧病院的正上方现在就有个水龙头，里面黑色的液体爆炸般喷涌出来，倾泻下来，落在地上，鼓动出的气泡就像是一座座坟墓，顷刻间炸成无数碎片。

文森梁并不在自己的病房，走廊里空荡荡的，医生、护士、病人、埃米尔院长，全都不见了踪影。我的思想仍然混沌，我只是下意识地下楼，来到了病院门口，发现病院里的所有人都在一楼，面朝着大门，背对着我。空气中是过度的潮湿，耳边是聒噪的雨声，而所有人都默然着。

我拿着摄影机，拍着，拍着，慢慢往前走，发现所有人的正前方，是低着头的埃米尔院长。

"院长，大家这是怎么了？"

"你来了？请原谅我现在无法与你谈话，我正在为一位朋友哀悼。"

我转过身，向大厦外面望去，发现院墙边有一艘被打翻了的小艇，一具尸体被扔在小艇旁边，那尸体的身上白白的，在铺天盖地的可乐中，稍稍有些显眼。

"那是……那是文森梁吗？"

我的心里忽然涌现出无比悲伤的情绪，那情绪驱使着我，要不顾一切地冲向外面，看清楚那具在陆地上溺死的尸体，到底是不是文森梁。我忽然想在地面上垂直地挖个洞，让可乐全都流进去，让文森梁能够回到干燥的地面上。

他还没告诉我，艺术到底是什么味道的。

我向外跑去。没有人阻拦我，埃米尔院长和无数的人，静静地待在病院大厦里面，我不知道他们此刻是否正注视着我，如果是，又用着什么样的眼神。

外面的雨太大了，病院周围的那些树，现在似乎已经完全连在了一起，它们把病院变成了一个蓄水池，我向前挣扎，渐渐从艰难地步行变成了近似于游泳般地前进，我死死抓着摄影机，就好像一个不肯扔掉财宝的吝啬船长。在暴雨声中，我依稀听见埃米尔院长和其他人正在齐声唱着一首我没听过的歌，在传说里，如果海上响起塞壬的歌声，那么水手将永远迷失。

我终于游到了那艘小艇旁边，看见了一个高大的白人，他穿着整齐的白色西装，气息已断绝多时，死因是一场发生于陆地上的海难。那是埃米尔院长的学生——迈克。他的墨镜已经不见了，双眼死死地盯着天空，不知道为什么，他和几天前见面时相比，已长出了一头深棕色的长发。

我潜到水下，找到了我的车，想打开后备厢，里面放着我带过来用于拍摄的灯。水下比外面还要昏暗得多，我摸索着寻找后备厢的开关，可水流片刻不停地激荡着，我无法稳定住自己的手，只能在黑暗中摆来摆去，感受到肺里的空气在急剧减少。我呼吸不畅，五官都皱在了一起。

我浮出水面，大口呼吸，空气穿过暴雨细密的夹缝，艰难地向我钻来。我的脑海中生出一股疯狂的活力，我游到病院的围栏边上，双手抓住一根铁栅栏，奋力一扯，那根铁棍竟然被我生生扯了下来，像是被暴雨腐蚀了一样，那铁棍给我的感觉，似乎还没有我的骨头坚硬。拿着铁棍，我又一次潜入水中，用铁棍刺穿车后盖，撬开后备厢，周围黑色的水疯狂涌入。我扔掉铁棍，拿到了我的灯。

灯，文森梁需要灯，这是我们的交易，是我唯一想到的，可能找到他的方式。

"文森梁！文森梁！"我把灯打开，刺眼的光线直射天空。

我撕烂衣服，把灯系在背后，抓着病院大厦倾斜的柱子，开始向上爬。我的呼喊隐约间似乎有了回声，它正用着文森梁的语气呼唤我，让我到最高的地方去，找到他，那里有关于一切的答案——艺术与智慧的真相。

"文森梁！文森梁！"每当我体力不支，就快要滑下去的时候，文森梁的身影总是忽然出现，他浑身赤裸着，用瘦弱的手臂拉我一把。当我重新把握住平衡，可以继续攀爬时，他就又消失不见了。这样的过程不知重复了多少次，我终于爬到了病院大厦的楼顶。文森梁站得笔直，向我伸出一只手，不需要任何对话，我把灯递到他的手上。

文森梁掉转了我的灯，让光线不再指向天空，而是照亮了病院大厦的一小块楼顶。

"不行！不够高！"文森梁大喊。

"那就爬！爬到更高的地方去！为了艺术的味道，你必须更高！"我大喊。

文森梁举起没拿着灯的另一只手，虚抓着，就好像那里有一根看不见的绳子。那绳子带他离开了楼顶，他瘦弱的身躯正在暴雨中上升，他手里的灯，正在使被光照亮的区域越来越大。我忽然想到文艺复兴，那时候人们相信地球是宇宙的中心，太阳围绕人类升落，只为照亮大地而存在。

楼顶已经完全被照亮了，在强光的照射中，已经完全看不见文森梁的身影。我的双手忽然又被东西填满了，是我的摄影机。我摘下机盖，对准文森梁的方向，监视器里只能看到一片空白。我索性闭上双眼，感受着光亮和暴雨，完全沐浴在艺术的感召之中，坚定地觉察到，我已成为自己最伟大的作品。

"文森梁，艺术是什么味道的？"

"你也有！哈哈哈！你也有！你他妈的！我就知道！你也有！"

有什么？我也有艺术的味道了吗？我感到一阵眩晕。

"怎么样了？年轻的导演，我的朋友，拍到你满意的东西了吗？"

我猛地睁开双眼，天空蓝得让人想哭，正中央是一颗圆圆的太阳。

埃米尔院长的办公室里，我懵懵懂懂、迷迷糊糊，看着面前的放映机。

画面里是迈克，我的摄影机一直跟着他，看他在病院的食堂吃饭，采访他畏光的痛苦，看他在病院的墙壁上作画，看我忽然拉下百叶窗的拉绳捉弄他,以及看他在一片晴朗的阳光下,柔软的草地上,奋力地划着一艘船,埃米尔院长站在他的身边,带着温柔的笑容注视着他,就像是最慈爱的母亲在看着自己的孩子。

"年轻的导演,我的朋友,不知道这些素材能否帮助你获得满意的成绩?如果你后面想到什么,'智慧'随时欢迎你回来,我和院里所有的朋友都会欢迎你。"

心里涌起的一股暖流,驱使我站起来,真诚地拥抱了埃米尔院长,也拥抱了迈克。在这几天的拍摄过程中,我们已经成了很好的朋友。在拥抱的时候,我的心里充满不舍,可当我们互相摸着对方的光头时,我又忍不住笑出声来。

再见了,Sagesse!希望下次还有机会再来。

我再次向埃米尔院长表达了感谢之后,就拿起摄影机和其他设备,准备向他们告别了。

走出房间的时候,我又恋恋不舍地回头望去,埃米尔院长也看到了我,他向我笑了笑,然后把手中的一盘录影带放进了壁橱里。

第三部分　回家

沉默时，请大声朗读情书

你好啊，我的朋友！

姑且这样称呼你吧，我不愿意只做你的同学，也不敢在得到你的允诺之前，妄称你的爱人，所以就只能先这样，去呼喊你，去恳求你，去向你袒露我全部的心，我的朋友。

我常常感慨，自己竟然拥有了如此的幸运，能和你在我们贫瘠的城市里相遇。你只需要一个眼神和一个笑，就轻易地把那个玩世不恭的少年，从我的身躯里赶走，从此这空空的躯壳之中，只剩下了一种东西，我称之为爱，或者如果你准许我用更神圣和动人的词语来形容的话，那是一种——暗恋。

在很小的时候，我相信一生一世，相信我会遇到某个人，和她一起度过波澜壮阔的冒险生活，战胜无数看似坚不可摧的险阻，如尘世，如偏见，如生活，如深渊。我会骑着白马，把她拥在怀中，把敌人一一斩落，最后我们在海岸上，沐浴象征永恒和胜利的朝阳。

可随着一天天长大，我悲哀地发现，我们所身处的，已不再是王子公主和抒情诗的年代，那些美好篇章中记载的故事，早就成了腐朽和笑谈。我装作轻蔑，和庸俗的身影们一起哈哈大笑，说服自己，尽快接受时间所赋予我的命运，我注定要和许多人相遇，爱上许多人，忘掉许多人，最后在绝望的伴随下，步入一段平凡的生活中去。我早已相信，相信在这一时间线里，爱的奢侈。

直到，直到——

直到那天，我伴着些模糊的面孔，嬉笑着，走进那间形状不规则的教室；直到一刹那，所有声音被完全碾碎，一切归于静寂；直到我用那双本没有资格的双眼，看见了你。

李婉兮，写到这一句的此时此刻，我情不自禁，一定要吟诵你的名字。如果在遇见你的那个瞬间，我就知道了这个名字——这是多么美的一个名字啊——我会不会有些更不一样的心绪和感触呢？

可我无法改变，无法决定，无法影响。你就是那样，像个古典主义的英雄一样，不由分说地冲进了我的生活，让我重新感知美，相信爱，对已知和未知的一切重新燃起信心。

李婉兮。

李婉兮。

李婉兮。

如果重复有力量，那我希望你的名字能成为某种咒语，让所有对世界绝望的人都看到，充满悲悯的造物主，他创造了多么伟大的奇迹。不，造物主也无法定义你，他没有资格，他只有看着你恩临人世，抱头跳脚，哀叹这星球终于还是有了完美之物。

这样的你，我要怎样付出卑微的自己，才能展现自己的诚恳与真心呢？

爱我吧！这世界上，没有人能与你相配，这真相，我心知肚明。可如果有人能有资格，为你献上赞词和颂诗，那我想，我拥有这样的能力。希望我的白马和长剑，不会消解你神性的光芒；希望当我贸然闯进你的生活时，没有带着丑恶的姿态和表情。

我迫不及待地想与你一起。

穿越时间，穿越人海，穿越所有低于我们的事物。

明早醒来，已是白头，已经度过了完美而浪漫的一生。

啊——

李婉兮。

就请让我，发起这第一次，也是最后一次的恳求吧，在我丧失所有的勇气之前，让我恳求，让我哀告，让我用爱诉说一切的渴望——渴望牵绊，渴望亲吻，渴望抱紧。

让时间来证明伟大吧！这小小星球上，最后的骑士和女神。

最后的，相信爱的奇迹。

姜之光

梁老师合上那张已经有点发皱的稿纸，他看着眼前，孩子们正打闹欢笑，不断放线，让天上的风筝飞得更高，高过街道上的行人和红绿灯，高过所有的楼房与避雷针。绝对蓝色的天空上，几种可爱的卡通角色和栩栩如生的动物，正随着孩子们的手飘去

飘来。他闭眼,风掠过他的脸和身躯,他叹息:

"这他妈,咋就不是我写的呢?!"

梁老师

每次到韩姐店里来,梁老师都觉得自己深入了夜的世界。

这里的每个包厢都很豪华,棕色沙发,整齐闪亮的方形瓷砖,半面墙那么大的电视屏幕,两台点歌机,骰子、沙锤、麦克风,烟灰缸,一切细节,都体现出这家歌厅的高档,还有那种淡淡的茉莉花香气,这是老板的个人趣味。

有一间是特别不同的,里面不是沙发,而是柔软的床,电视里时常播放出来的,也不是烂大街的流行歌曲,而是一部部动人的电影。这是韩姐留给自己的私人空间。

在这个房间里,梁老师正搂着韩姐,他轻抚韩姐耳后的碎发,幻想当面前的动画片结束后,他会和这个漂亮的中年女人接吻,并对彼此进行最深入的了解。他唯一感到犹豫的,是要不要从裤兜里拿出那张纸,那封由他的学生姜之光执笔,他又亲自抄写的情书。他相信那些文字绝对可以打动韩姐,稍显遗憾的是,这并非他百分之百的原创作品。

已是片尾了,随着一段似乎很有趣的台词,红色飞机驶过亚得里亚海,现代人的廉价冒险宣告结束,一百分钟一次,价格不定,体验因人而异。梁老师的嘴唇,也缓慢而稳定地向韩姐的耳垂驶去。可韩姐抱住了他,在优雅的音乐声中完成交错,呼吸声形成湍急的波浪,把他们卷得愈发靠近。对梁老师来说,那波浪里翻滚着的,是不可抑制的情欲,但对韩姐是什么,他尚不清楚。

"你喜欢吗,这个结尾?"在他的耳边,韩姐似乎说了这样的话。

梁老师扭动身子,把自己的脸调整到更适合亲吻的位置。他用最温柔的手法抚摸着,韩姐白而柔软的脖颈不再年轻,可当它变得微微发红时,却往往是最能引诱人的。天空和飞行器的故事终究短暂而虚妄,梁老师更关心身边人——至少他自己这么认为。

于是他们离得更近,一起度过转瞬即逝的疯狂时光。在那之后,韩姐似乎已失去了讨论剧情的兴趣,她眯着眼,盯着天花板,手指在腿的侧面打节拍,结局的事,她没再重新提起。

梁老师先开口:"你妈最近身体怎么样?"

韩姐说:"刚完事就聊这个,没话找话?"

梁老师说:"不是,我没话找话干吗呀。这不我们家,天天催我结婚,我就问问你家里的情况。"

韩姐说:"挺好的,什么都挺好。最近有什么有意思的事吗?你们学校的,或者其他的,都行。"

梁老师很想说,他抓到了班里的一个小子,那小子不务正业,写情书,追女生,送花表白,简直浑蛋透了,可偏偏有点歪才,自己很羡慕这样的人,今晚准备送给她的情书,还是从他那儿抄的呢。可这种事,梁老师当然不能说。

还有什么有意思的事呢？梁老师忽然想起来了一个。

他说："我们学校附近，最近有个老头在发传单，传单内容不是找狗、治性病、找租户，是找人。"

韩姐说："寻人启事？那有什么特别的吗？"

为自己讲故事的本领，梁老师感到有点得意，他只是巧妙调整了些叙述的顺序，就可以吸引住韩姐这个听众的注意。

梁老师接着说："这就是奇怪的地方了，要说他贴的是寻人启事吧，也算对，但不是那种一般的老年痴呆走丢了，而是找个几十年前的好朋友。他那个传单我看了，上面印着一张好多年前那种老照片，照片上是一男一女，男的光个膀子，脸上还给涂黑打上马赛克了，女的长得挺漂亮，据那老头说，这女的是他的好朋友，但是俩人很多年没联系了，这回他想试试，能不能把这人找着。我估摸着，就是想再续一下子前缘，那么个意思。"

韩姐听着，翻身从床边皮衣的内兜里，掏出打火机和烟，给自己点了一根。梁老师也想抽两口，但他没问韩姐要，他希望韩姐可以跟他分享同一根烟，希望韩姐在吸过那最深入内心的第一口后，可以把那根着火的小棍，递到他的嘴边，他们共同把快乐吸进去，把灵魂吐出来，然后在空气中混为一体。

梁老师就这样一直期盼，一直期盼到韩姐那根烟完全燃尽，被按灭在烟灰缸里。

"帮我个忙，我想认识一下这老头，下回有机会，你把他带到这儿来，让我见见。"

梁老师扯着腰带走出歌厅时，颇有些气恼。他不满于韩姐的不解风情，在心里暗想，自己没有把那封情书拿出来，就当作对韩姐的一种惩罚。本来想把情书撕烂了扔掉，可走到垃圾桶旁边，又还是没舍得，也许下次韩姐表现好时，他可以再送给她，作为奖励。

外面已很冷了，梁老师站在路灯下面等出租车，他把手放在衣兜里，有规律地跺脚，通过运动让自己的身体增加些热量。在百无聊赖间，看到了路灯上贴着的一张传单，他有些嘲弄地笑了笑，拿出手机，存下了传单上写的手机号。

"都贴到这儿来了，老头挺有劲。"

出租车到了，梁老师上车，在防滑链与硬地面摩擦的声响中远去，留下孤零零的路灯和路灯光线照射下飘洒的雪花。一些雪花落在那张传单上，打湿了多年前两个人的脸。

传单上有五个大大的黑体字：寻找好朋友。

梁老师和老刘，约在一家馄饨店见面。

那家馄饨店在双鸭山开了许多年，老人、青年、孩子们常常在那里相遇，他们相遇的时刻往往毫无意义，只是去那里吃顿早饭，然后就各自奔向迥异的人生。那馄饨，就像是道温暖而匆忙的起跑线，尽管每条跑道的长度与材质都完全不同。

梁老师坐在店里的时候，并没有这许多感慨。他盯着对面看起来还不算太老的老刘，像是在看一棵水土不服、歪歪扭扭，但最终还是长了很久的松树。老刘正吃着，慢条斯理，每一勺子下去，都会舀出一个鼓鼓的馄饨，上面挂着紫菜和虾米。如果紫菜和虾米的量过多或过少,老刘还会把勺子放回去,重新再舀。

梁老师说:"老爷子,你吃个饭这么有风度啊?好像也没那么着急找人。"

老刘把注意力从馄饨那儿转移出来,投射到梁老师这边。他的眼睛透过镜片,送出某种审视和期许,把梁老师看得有点不自在。梁老师总有种感觉,老刘的眼神似乎有些失焦,一部分目光涣散,不知去向,可他明明就是在看向自己,这感觉很怪。

"挺多年没吃了,正好今天约在这儿见面,吃得仔细了点,不好意思。

"你说你有线索?就是……照片上这个人?"

老刘打开小皮包,拿出一张传单,方方正正地摆在桌子上,推到梁老师面前,用手指在照片上点了点,他小心翼翼,敲下去的手指尽管指向照片上的女人,却完全没有触碰到。

梁老师一眼都没看那传单,他把双手抬到胸前,抻了抻自己的风衣,跷起二郎腿。

"我没有线索,但我认识一个人,这人在我们双鸭山,想办的事就没有办不成的——"说到这里,梁老师把身子往前探,离老刘又近了些,压低声音,"我还可以跟你稍微透露一下,这人是我对象,所以你不用担心能不能办,有我就好使。"

梁老师又后仰回去,贴在椅背上:"不过这个情况目前还没有公开,你需要保密。"

老刘摇摇头,把传单塞回皮包里,对梁老师说:"没线索你就说没线索,逗人玩没意思,馄饨钱我结,你别再给我捣乱了。"

梁老师急了，他拽住老刘的衣袖，说："没跟你开玩笑！耽误不了多长时间，你相信我。这样，我拿东西给你做个抵押，保证我不是骗子，行吗？"

半小时之后，他们已坐在了韩姐的办公室里，老刘的手里，还攥着梁老师的身份证。

上午的歌厅是不营业的，一般这种时候，韩姐都还在家里补觉，梁老师打了好几通电话，才把韩姐拽过来。尽管出门匆忙，但韩姐还是化了淡妆，漂漂亮亮地出现在自己的办公室。梁老师先是看着韩姐，不断涌出满足的心情，然后又看向老刘，发现老刘也在用那种涣散的眼神盯着韩姐看，不禁在心里暗骂，真是个老色鬼。

韩姐说："老爷子，我之前就听梁子说过你的事了，不说废话，我想帮你。"

老刘说："你有什么办法？我跟她都快三十年没见了。"

韩姐说："我用什么招你不用管，我肯定有路子就是了，但是我有条件，我要知道你为什么忽然想找这个女的。你自己也说，都快三十年了，见不见她还有意义吗？"

老刘陷入了一阵沉默，他的表情平静，看不出是在抉择，还是已被某段记忆淹没。

想了一会儿，老刘还是说了，用他一直保持得很好的、平淡的语气："我跟她以前是同事，刚参加工作那会儿就认识，一个车间。那时候我们一块玩的，有很多人，但是我们俩关系尤其好，她会吹口琴，据说是她爸教的，她爸年轻的时候，去苏联学习过。

"扯远了。后来厂子效益不好，我去了南方做买卖，那时候什么都不发达，我就有一个她家座机号，没过多长时间就联系不上了。本来想着攒点钱就回家，结果一年一年干下来，半辈子全都撂在了南方。本来就这么过吧，一辈子也就对付过去了，可是没想到一场病，我这俩眼睛瞎了一只，大夫还说，我这种情况随时有可能走。我就琢磨，这辈子还有啥事没干吗？我想啊，想了好几天，忽然想起来。

"我还有个眼睛没瞎呢，可以最后再看这个老朋友一眼，怎么都想再看一眼。在南方这么多年，钱按说赚得也不算少了，可想起来，还是刚参加工作那会儿，最开心、高兴。

"真要死啊，也想死在那个心情里。

"我就这些情况了。谢谢你俩，不管你们愿不愿意帮忙，能跟老家的年轻人唠这些，我心里挺敞亮的。你们忙吧，我还得继续去找人。来，小伙子，身份证还你。"

听了老刘这段话，梁老师有点五味杂陈。他接过身份证，想着总应该说点什么，他偷看了韩姐两眼，可从韩姐的脸上，完全看不出她的态度。憋了半天，梁老师对老刘说："咱俩谁跟谁，你叫老弟就行。"

而韩姐也终于说话了，她说："行，这事我管了。"

到了快下班的时候，梁老师还是坐立不安。

周围一部分同事低着头在忙，还有几位暂时没事的年轻教师，聚在一起，低声聊天，他们时不时地向外看看，然后发出笑声，梁老师总觉得他们在笑自己，可又没证据。他在心里安慰自己："让那些没什么境界的家伙闹去吧，我在你们不知道的时候，正忙着帮一个老人实现最后心愿，和这个比起来，那点工作里的尴尬，根本算不得什么。"

虽然这样想着，可他脑海里还是不停盘旋昨天饭局上那尴尬的场景。

昨天是语文组组长的生日，又赶上周末，他们一届的几个语文老师，就找了个餐厅，一起喝几杯，聚一聚。

虽然语文组组长不是什么关键职位，但最近的情况有点不同。有小道消息说，这位组长已经找好了深圳那边的下家，等这学期一结束，就会辞职南下，换个温暖宜人的城市继续灌溉祖国的花朵，稍有不同的是，那边不光能灌溉花朵，也能滋润园丁，而且冻伤的风险也比家乡更低。

大概是都抱着让组长投石问路的心思，语文老师们纷纷敬酒，觥筹交错间，只有梁老师还在想着自己的事。组长注意到了他，这个在学校里也常常显得不合群的，看起来总有点恃才傲物的小梁，不知道是出于关心还是别的什么，组长伸长胳膊，拍了拍他的肩膀。

组长说："梁老师，最近班里咋样，各方面都还顺利吗？"

梁老师说："哦哦哦，都挺好的，谢谢哥关心。"

组长说："你班有个叫姜之光的，是个好苗子，我看过他的几篇作文，文采不差。"

梁老师说:"是,我没事就指点他,这孩子脑子确实好使,一点就通。"

组长说:"这就叫'名师出高徒',你不是也经常给文学杂志投稿吗?"

梁老师说:"不成熟的作品,不成熟。"

组长说:"哎呀,你总谦虚,咱们办公室这些人,谁能不承认你是大才子?这回正好有机会,你给咱们整几句你的诗呗?来,大家静一静啊,梁老师要给咱们朗诵他自己创作的诗歌作品,咱们热烈欢迎!"

在热烈的掌声中,梁老师有点无奈地站了起来。他捋平外套的下摆,清清嗓子,用手背抹了把额角的细汗,对桌上都带着些醉意的同事们,大声说:"既然大家都有兴趣,那我就简单朗诵两句我亲自创作的现代诗歌,不是很成熟,大家多批评。我迫不及待地想与你一起,穿越时间,穿越人海……"

组长一下子站了起来。

梁老师看向组长,以为他是受到了诗的感召,要为自己喝彩,他的内心无比感动,几乎快要哽咽。

组长说:"不好意思啊,憋一泡尿,你背你的,继续继续。"

于是组长开始从饭桌的最深处往外挪动,同事们纷纷为他让开道路,目光也一直凝聚在他的身上。就在组长快要到门口的时候,另一位老师也站起来,快步跟到了包厢门口。

那位老师说:"我陪着组长上一个,你们继续,你们继续。"

梁老师回忆着昨晚的窘况,好像在被反复鞭打,在某几个瞬间，记忆甚至都出现了混乱，他好像看到了自己变成一道菜，缩着身体跪在桌上，被同事们转来转去，转得他头晕，活像是一只美国动画片里的感恩节火鸡。在与火鸡无限共情的头晕中，上课铃声响起，梁老师得去给班里的学生们开班会了。

今天班会的主题是"早恋的危害"。

心里带着气，梁老师把姜之光叫到讲台上，让他当着全班的面，朗诵他给李婉兮写的最新情书。梁老师有点分不清，自己到底是气昨晚的事，还是气姜之光不争气，浪费自己的才华每天写这些东西，又或者是恼恨姜之光竟然如此高产，才几天的工夫，就又写出一封水准不错的情书来。

姜之光拿起稿纸，脸上看不出一点羞愧，他读着："我不能说对你一见倾心，没那么猛烈，更不能说日久生情，我等不及。只是在恰好的时刻，你冲进我的脑海，尽情舞蹈，只留下一片圣洁的白色，从此我的生命里，除了空虚，就只剩下你。"

梁老师说："上课写情书，你挺有本事。你想想，家长平时的付出，还有各科老师对你的关心。你有什么想说的吗？"

姜之光说："有。"

梁老师说："说。"

姜之光说："李婉兮，我爱你！"

李婉兮说："我也爱你！"

在那一刻，班会的气氛达到了最高点，同学们热烈地鼓起掌来。

梁老师绝望地看了一眼外面，透过教室门上的窗子，他看到语文组组长正好经过,听见掌声,还面带好奇地往教室里瞥了瞥。组长也看见了梁老师望向他的眼睛,他微笑着,向梁老师点头示意。

就像梁老师说的那样,韩姐不愧是个有办法的人。几天的时间,本就不大的双鸭山,已经完全被"寻找好朋友"填满了。

几乎每辆出租车的座位背后,都贴着一张"寻找好朋友"的传单;电视台也给登了广告,每到电视剧和风湿贴广告之间的过渡环节,就会播放老刘的录像,一个主持人会用浑厚的播音腔介绍说,这是独属于我们双鸭山人自己的浪漫传奇;甚至还有好几辆宣传车,每天在市区里来回不停地打转,播放视频,"寻找好朋友",重复而聒噪地在双鸭山的风里飘。

梁老师还是有点想不通,为什么韩姐非要花这么大力气弄这事。原本按他的设想,韩姐顶多也就是跟歌厅里的服务员打个招呼,让他们平时留意着点,这也能算仁至义尽了。可她却闹得这么大,傻子也能看出来,要把事办成这样,韩姐需要花多大的成本,卖多少人情。在某些时刻,梁老师甚至有种错觉,认为韩姐是爱上了老刘,可他很快就把这种怀疑完全抛弃,毕竟韩姐真正喜欢的,是有才华、懂浪漫的男人,这一点从韩姐对他本人的欣赏上,就可以完全确认。

几乎在所有人都认为"好朋友"马上就要被找到的时候,刘小野出现了。

那天,梁老师正坐在老刘所住宾馆的床上,带领老刘畅想找到了"好朋友"之后的美好生活。老刘没和他并排坐,只坐在窗边的椅子上听他说。鉴于老刘只有一只眼睛能看见东西,梁老师也吃不准老刘在听的时候,有没有看到自己声情并茂的表演。

梁老师说:"等你找着老太太之后,我跟老韩的事应该也差不多板上钉钉了,到时候咱们四个,一块去趟三亚,好好享受一下阳光沙滩。你去过三亚吗?"

老刘说:"没有。"

梁老师说:"三亚最显著的特点是温暖、湿润,再就是咱们老乡多,一张嘴全是东北话,基本上可以无障碍沟通。走在大街上,海风一吹,周围全是椰子掉在地上的声音。"敲门声就在这时响起,梁老师找准时机补了一句:"对,就跟这个动静差不多。"老刘没接他的话茬,径自去开了门。

一个年轻的女孩出现在门外,她正用坚定的眼神看着老刘,对他说:"跟我回上海。"

梁老师从床上弹起来,看向门口。他盯着老刘,试图从当事人细微的表情中,捕捉到关于这贸然出现的女孩和寻爱小老头之间关系的蛛丝马迹。可老刘却对两道不同方向投来的视线都不予理睬,只是转身走进屋里,又坐回窗边。那个女孩把未关的门推得大开,也走进来,坐到老刘的对面,怒气冲冲,似乎在等待老刘的答复。

可老刘只有沉默。

那女孩说:"我在学校忙出国的事,你跑到东北玩失踪。你就是这么当爹的?"

梁老师有点看明白了,他打个哈哈,试图圆场:"老刘,这是闺女?都长这么大了。还要出国?青年才俊。"

没人答话。

梁老师发挥自己的特长,找补了一句:"我要是给压岁钱,也不太合适。"

老刘说:"梁老弟,能不能先回避,我们爷俩单独聊聊。"

梁老师看着始终面对着面的两人,觉得自己再待下去,确实也有些不合时宜,就默默走出房间,并且把门从外面关上。在合上房门的那一刹那,他看见老刘正捂住自己的心口,好像要把所有的话都从里面掏出来,把一些尘封多年的心事,都摆在女儿面前。

从那次之后,不知道发生过什么,但刘小野似乎理解了她的父亲。

梁老师遇到过几次,刘小野和老刘一起,沿着短短的街道走下去,他们耐心地把传单送到路人手中,如果接过传单的人不着急赶路的话,还会再解释两句。在同样短短的冬季白昼里,他们像是在完成某种仪式,那仪式象征过去的爱和此刻的固执,而完成的方式,是一个垂暮者带着他的女儿,穿越三十年和两千四百公里。

当刘小野也不再成为寻人的阻碍时,老刘的最后旅程,却并没有像想象中那样顺利起来。

不知为什么,过去几天里铺天盖地的宣传,好像在一夜之间，就变得销声匿迹了。宣传车没有了，电视台的广告不播了，街上贴的传单也都被清干净了，甚至有一次老刘和刘小野在街上的时候，还差点跟找事的混混打起来，多亏刘小野及时报警，老刘才没出事，他带着病的老体格子，经不起这样的折腾。

刘小野私下联系了梁老师。据她说，老刘觉得这可能就是命，找不到，就一直找，找到什么时候犯病，死了拉倒。可刘小野还想再找找办法，她想尽快帮老刘实现愿望，等见过了"好朋友"，就赶紧把老刘接回上海，抓紧治疗，说不定还有希望。

梁老师在电话里拍了板，告诉刘小野这事包在他身上，只要他出马，二十四小时之内，解决所有问题。他踌躇满志，花了一下午的时间，从姜之光的那几封情书里，连摘抄带改写，凑了一篇自己写给韩姐的情书出来，又认认真真，用正楷抄写在稿纸上，叠得板板正正，放进内兜，才打了车向韩姐的歌厅赶去。

直到已经站在韩姐的私人房间门口，梁老师都一直在设想等会儿见面时的情景。他认为最浪漫的方案，是以诗人的面貌出现，用情书上那些轻盈的语句，叩开韩姐的门，再温柔地闯进她的心房。那个只愿在他面前做女孩的女强人，会像一只渴望归巢的燕子，投入他的怀抱，接受他全部的爱和怜惜。他们会接吻，会共舞，最后在彼此的怀抱里睡去——等明天早上起床的时候，他再顺便说一嘴老刘的事。

梁老师轻轻推开了那扇门。记载情书的稿纸，始终被摆在他的眼前，他要一直读下去，读到浪漫的氛围萦绕四周，读到韩姐扑进他的怀里，痛哭一晚。梁老师读呀读，抑扬顿挫，情绪饱满，没人像那天的饭局一样打断他，可设想中扑来的怀抱，也始终没能出现。梁老师被迫放慢语速，磨磨蹭蹭，拖延时间，可最终还是读完了。他只好把情书从面前放下去，然后看到那张床上，根本就没人。

他悻悻地退回走廊里，扯住一个服务员，问他："你们老板呢？"

服务员说："她说最近有点事，这段时间都不来店里了。哦，对了，她还嘱咐我们，说要是看见你了，就跟你说一声，让你以后别再过来找她了，你们俩黄了。"

梁老师又一次见到韩姐，是在人民医院的病房里。

那时候，他已经因为殴打学生，被学校停职一段日子了。可梁老师总觉得自己没错，姜之光不仅屡教不改，还变本加厉，上课时间，就在操场上和李婉兮牵着手闲逛，他只好出去踹了姜之光一脚。家长说是殴打，梁老师觉得也谈不上。

被停职这事，对梁老师来说，与其说是被学校勒令反省，不如说是他个人的意愿。比起在学校里憋憋屈屈做个没才华的语文老师，还不如陪着老刘一起发发传单，至少在那些时候，他很少再想起烦心的事了，无论是同事、学生，还是莫名其妙结束了的恋情。

如果不是因为梁老师的爸爸，可能这种宁静的日子，还可以继续下去。

某个刮着大风的下午，老刘、刘小野和梁老师，正在人影稀疏的马路上,给人讲着好朋友的故事。风迫使他们把手里的传单攥得更紧,那些纸无助而徒劳地卷动,不知到底是人抓住了它们,还是尽力想抓住它们的人被突然而毫无来由的狂风擒住。

就是在那个时候,倔强半生从不低头的老梁头,忽然在街道尽头出现。他跑上来,狠踹了梁老师一脚,嘴里喝骂:"好工作不干,跑大街上发传单,我打死你。"老梁头是有备而来的,他手里提着根擀面杖,撵在梁老师身后,不停追打。老刘想拉架,可用仅存一半的视野,掌握平衡实在太过困难,他摔倒的时候,头磕在马路牙子上,甚至发出了重重一声,然后人们才听到刘小野的哭喊声和救护车急促的鸣笛声。老刘松开了刚刚一直紧握的手,那些传单,跟随着风赋予它们的意志,向某个方向急速纷飞,看上去像是获得了自由。

老刘从重症监护室里出来,已经是两天之后的事了。一听说能探望,老梁就赶紧带着梁老师的母亲和梁老师,提着水果来到老刘的病房。他走到病床前坐下,用力攥住老刘的手,反复道歉,老刘只是轻拍着他的手背,脸上带着微笑。

一直到护士催促他们离开,说病人需要休息时,老梁才准备离开,还连连承诺,说下次再来看望。老刘却拉住了老梁的衣角,对老梁说:"老哥,先别急着走,我问你个事。你以前,是不是在锅炉厂干过?"

"是啊,你怎么知道?"

"我刚参加工作那会儿,总听说五车间有个姓梁的,外号叫'大犟驴',打架斗殴,在咱们全厂最厉害。那时候岁数小啊,什么都好奇，就偷摸去看过两次。"

"哎哟，那可是多少年前的事了，你还记得呢！"

"本来可能是忘了，但自打瞎了一只眼，反而有不少事又能想起来了。"

"你当年是几车间的？"

"二车间。"

"二车间啊，二车间……'小张曼玉'就是你们车间的呗，咱们厂的红人，大明星。"

"对，那时候总有人给她送巧克力，我们都跟着沾光。"

"你要找的那个，好朋友，就是'小张曼玉'？"

"不是，'小张曼玉'的情况我知道，好多年前，就嫁给一个卖馒头的了。"

护士催促的声音在门外响起，老梁只好站起了身，老刘却还是紧紧拉着他，甚至半个身子都倾斜了过来，想把老梁拽住。刘小野在床的另一边，担心地想扶住老刘，可老刘却好像别的都不在意，只想把老梁再留一会儿。

他说："老哥，你记不记得有一年，咱们厂有个老工程师，改编过一首苏联歌，还带人参加了那年的合唱比赛，你还记得吗？"

老梁说："记得啊，《双鸭山郊外的晚上》嘛！陈工，就是我们五车间的。"

老刘说："能请你，麻烦你，再给我唱一遍那歌吗？"

老梁脸上的神情认真起来，他挺直了腰，把双手背在身后，目视前方，深吸了一口气，嘴里开始飘出一段来自三十年前的歌声。他唱得很大声，病房里所有人都看着他，静静地听着。那歌声又吸引了护士，她走到门口，好像想提醒这屋的人别吵，梁老师赶紧迎上去，劝开了她。

就在梁老师搀着护士的胳膊，要领着她远离这间病房时，他看见楼梯间有一个他很熟悉的身影，正缓缓走上来，那是韩姐。此刻的她，手里正牵着一个陌生的男人，他们也看到了梁老师，在这对视中，梁老师好像看见，韩姐拉住男人的那只手，握得更紧了。

韩姐说："我来看看老刘。"

梁老师什么都没能说出口，他走回病房，听见歌声已经平息，老刘正躺在床上，脸上的微笑平静而满足。

所有人听到他说："小野，咱们回家吧。"

韩姐

在刘小野找到老刘的那一夜，韩姐也和两位老人聊过。

不是同时，是分开的两段对话。但时间上又相隔不远，地点也相近。第二段对话，发生在韩姐自己的家里，而第一段，则是在她小区的门口。

那几天，韩姐所有的精力，都放在帮老刘找人的事上。漂亮干练的歌厅女老板，在一座小城里能做到的事情，绝对不少，只是这其中要花多少心思，使多大劲，往往也难以被他人所想象。

韩姐每次从歌厅回家,都不会乘车,她更愿意选择步行。好像只要走过这一小段不算长的路,那些烟味、酒气和男人的目光,就可以完全消散,在夏天它们蒸发掉,在冬季它们被吹走,等她踏进家门,人就可以完全属于自己。

那天晚上,她走到小区门口的时候,遇见了老梁。

老梁当然是梁老师的父亲,他站在小区门口,高昂着头。此刻的他,当然早已经不是几十年前工厂里让人闻风丧胆的打架大王"大犟驴";也不知道再过一段时间,他会在人民医院的病房里,靠一首老歌,实现当年工友的最后心愿;此刻他站在这里,带着大半生积攒的对生活的观点,要拦住一个他并不十分了解的女人。

他对韩姐说:"你就是开歌厅的小韩?"

韩姐说:"您是?"

老梁说:"我是梁玉春他爹,今天过来通知你一声,你俩的事,我不同意。"

对老梁的话,韩姐并没有什么感觉,不工作的时候,她就总走神。比如现在,韩姐就在想面前的老头,到底是怎么找到这里的。也许他问过了儿子,并且态度强硬地宣称,要去干预一个三十来岁没结婚的语文老师的私生活;也有种更滑稽的可能,他瞒着自己的儿子,偷偷调查,然后在别人都不知情的情况下,自以为是地用全力尽一个父亲的职责。想到这个有可能连智能手机都不会用的老人,偷偷跑去歌厅附近,踩点、跟踪、记录、蹲守的样子,韩姐脸上有了点笑意。

她又想到了老刘，两个年纪相仿的男人，关心的事情，好像很不一样。她回忆起几年前，自己带着妈妈去青岛玩，在海边曾遇到过一个老人，那人梳着体面的背头，身上的西装和领结干净而整齐，他坐在长椅上，独自吹着口琴，一吹就是一天，直到黄昏来临，海洋和远处无限的未知，都从蔚蓝变为漆黑，他才会离开，走的步子依然是四平八稳，优雅而淡然的。在他坐过的长椅不远处，一个捡垃圾的流浪汉，还在掏垃圾箱。

当韩姐的思绪从海岸返回时，她才猛地想起，面前还有另一个老人，在等待她的回应。

韩姐看向老梁，他黝黑又皱巴巴的脸上，似乎已经有了一些愠怒的表情。于是她微笑着说："没问题，既然今天您特意过来，跟我张这个嘴，那我肯定不能让您面子掉地上。放心，从现在开始，我跟梁子黄了。"

说完这话，韩姐捕捉到老梁脸上流露出一些错愕和慌乱。韩姐猜测，有可能在找来之前，这老头早打过了无数腹稿，无论韩姐怎么死缠烂打，他都得下狠心拆散他俩，可没想到，韩姐答应得如此干脆，似乎打乱了老梁的一切准备。

老梁支支吾吾，说着"要是以后有缘分，还是朋友"之类的话。

韩姐已经刷过了人脸识别，正穿过自动门走进小区。她微微点头，算是跟保安亭里的保安打了招呼，然后头也没回，向老梁远远道了句别："老爷子，早点回去歇息吧！天冷道滑，注意安全。"

比起老梁，自己妈妈的话，才真正出乎了韩姐的意料。

韩姐的妈妈，在客厅的沙发上正襟危坐，韩姐开门进屋的一瞬间，她就通过进门镜，牢牢盯住了女儿的眼睛。她一字一顿，认真地说："你想想办法，别再让那老头找好朋友了。"

韩姐说："啊？"

韩姐的妈妈说："我就是他要找的那个人，我不想让他见我。"

对自己妈妈的要求，韩姐没法拒绝。

这两天，妈妈的话总在韩姐的脑海中回荡。那个单身多年，独自把她带大的坚强母亲，在那天晚上，用哀痛而隐忍的语气说："除了他，没有一个人关心我。没人记得，我年轻的时候是什么样，连我自己的女儿也是一样。

"我不愿意见他，既然他记得我年轻漂亮，那就只让他记得这个。"

有那么几次，韩姐躺在歌厅私人房间里的床上，回想起这些事情，觉得生活实在是出荒谬至极的戏剧，而她是那个最幸运的，坐在黄金位置的观众，对这些一波三折的戏码，她需要做的只是回想：梁老师的爸爸在听到她的话时，那瞬间转换的表情；老刘贴满全城的老照片和坚持不断的寻找；这寻找的对象，竟然就是自己的母亲。这些片段在她的心里交错播放，几乎要让她边哭边笑。在那时候，韩姐终于意识到，自己远远不只是一个普通的观众，她还需要担当某几场重头戏的导演，来让这一切平稳地走向结局。

可现在面临的情况，稍显复杂。毕竟之前安排找人时，一切途径和关系，都没背着老刘，就算现在让人家马上收手，老刘再找过去，钱给够，让人家重新把活干起来，也不是难事，自己和这些老板，还没有好到能让人家有钱不赚的程度。冒冒失失把这些摊子收了，反倒会让老刘起疑，平添麻烦。

就是在这样的思考与烦恼之中，韩姐想到了二哥。

二哥姓庄，道上的人都说他人如其名，能装，爱装，可无论在背后怎么议论，真到了二哥面前，所有人都还是得稍稍低上一头，叫句二哥。因为二哥是真能办事的，如果韩姐能说自己"有点办法"，那二哥这个人，在很多时候，本身就是别人的办法。要想拦住老刘，最好的办法，就是去找二哥。

韩姐如果想找二哥办事，当然不难。早在两三年前，二哥就在韩姐店里，当着一堆老板和兄弟的面，向她表达过好感。在那时候，韩姐也没放心上，欢场中事，谁当真了谁就是缺心眼。可从那次之后，二哥也时不时地找她，不光是领人来店里消费，还经常在微信上跟她聊些没头没脑的话，好像是在示好，却又说得颠三倒四。

如果是别人，韩姐不是不能应下来，随便玩玩，对她这样的人来说，这是太没所谓的事，就只有二哥，她心里着实有些打怵。如果处得来，那自然皆大欢喜，可万一俩人不愉快，不欢而散，自己的买卖以后就会很难干。所以对二哥的意思，她就一面装傻，一面周旋，倒也维持了下来。一直到这次，似乎终于还是到了不求二哥帮忙不行的时候，就算未来出了什么状况，权当是为母亲尽孝，既然已经不记得年轻时的母亲，至少对现在这个已经衰老，变得脆弱而伤感的老太太，尽自己所能，让她体会到一些爱和关心。

二哥一个人，住在一间很大的房子里。

当韩姐对二哥说起能不能帮自己这个忙时，这个强壮的中年男人，表现得比她还要紧张。他骨节粗壮的双手，都紧紧地扣在自己的膝盖上，反复做着深呼吸，两只脚也在光滑的瓷砖上蹭来蹭去，有某一下还从拖鞋里蹭了出来，二哥赶紧慌乱地重新蹭了回去。韩姐把这一切看在眼里，但她憋住了，没有笑出声。

然后二哥站起来，开始在屋子里踱步。韩姐看他好像有点烦躁，就试探着说："二哥，要是真这么麻烦的话，你也别为难，就实话跟妹妹说，我自己回去再想办法。"

二哥摆摆手："不是这个事麻烦，是别的事麻烦。"

韩姐沉默。二哥又走了两圈，终于站定脚步，深吸口气，打开了一道蓝色的门。

在刚刚进入二哥家的时候，韩姐就注意到了那扇门。因为除了它，所有的房屋装修都是很传统的风格：红木家具、红木配色。但那扇门不同，它是如同天空和海洋般的蔚蓝色。当二哥把那扇门在她的面前打开时，韩姐对自己和二哥都产生了些许嘲弄的心情，原来想办成母亲的事，到最后还是要用这么原始的方式。这也不意外，毕竟他们，就只是两个不再年轻的"社会上的人"。

可当韩姐抱着肩膀,走进蓝色门后的房间时,却看到了完全意想不到的画面。

韩姐第一次在这个世界上,看到一尊神龛里面放的是《教父》海报上的马龙·白兰度。

韩姐怎么也想不到,在二哥大而空旷的豪宅深处,还藏着一间电影之屋。这房间的墙上,贴满了电影海报和彩印出来的专辑封面,还有一个大玻璃柜,摆着一堆新世纪福音战士和超人、蝙蝠侠、小丑的手办。

"这个小丑的画风,是《致命玩笑》……哦,那儿还有个菲尼克斯版的。"韩姐想。

二哥从玻璃柜的最下层,翻出来几根细香,走到神龛面前,用上面的火柴把香点燃,恭恭敬敬地对着马龙·白兰度拜了三拜,插在了香炉上。

做完这些,二哥也没回头,就背对着韩姐,说了一段长台词。

他说:"我从小就懒,除了喜欢看电影,啥也不爱干。

"上高二那年,有同学撕我的电影海报,我打了他一顿。放学之后,他找了一帮人堵我,十几个人,长枪短棒的,我一个人全给打跑了,一脑瓜子血,自己走到医院去,缝了十九针,走在路上我就想象自己是电影里的男主角,感觉一点都不疼。到医院之后,我想说一句男主角这时候该说的台词,结果没憋出来。

"然后就是混社会,一混这么多年,一点意思都没有。只有一件让我开心的事，就是认识了你。第一次去你店里唱歌的时候，你刚好从那个小屋里走出来，我没多想，随便往里面瞥了一眼，结果看见电视上在放阿尔·帕西诺——可惜就一眼，我没看出来是哪部片子。

"之后每次去你那儿我都想，你是不是也喜欢电影？在咱们这个小破地方，我是不是终于有了一个，能和我聊得来的人？后来我就总想着，别太冒进，先试探试探，看看你是不是真跟我想的一样。可越试越琢磨，越琢磨越深，琢磨的事也逐渐变了，从开始的琢磨你是不是影迷，到后来琢磨，有哪部电影里的台词，最适合用来跟你表白。

"这一琢磨，就是整整两年六个月，还是没琢磨出来。这辈子，就嘴笨两次，第一次是被人打成血葫芦的时候，第二次就是遇见你的时候。所以我只能把你带到这儿来，我这个卧室以前除了我，没人进来过，我觉得他们不配进来，他们不懂。只有你，我想让你进来，看看这些，就算是我赌错了，也无所谓。我是个文盲，不会甜言蜜语，不会写情书，也不会描述你，我只能把这些事都告诉你，你喜不喜欢都没关系。"

说到这里，二哥终于转过了身，他走到房间的角落，那里有个小小的木盒，被孤零零地放在地上。二哥蹲下去，从里面拿出了什么，递到韩姐面前。

"这就是我高二的时候，被人撕坏了的那张海报，送给你，要是你不喜欢，就算我倒霉。你找我办的事，我也都给你安排，只要你别在别人面前，笑话我就行。别的也没啥，就这些，我说完了。"

韩姐低头看见那张海报——《西西里的美丽传说》。

在那时,韩姐久违地露出了真实的笑容,她接过那张海报,像是怀抱着一朵蒲公英那样,把它拥进怀里,用她漂亮并且褪去了疲惫的双眼,在墙上寻找着。她看来看去,终于找到了自己想要找到的谜题。

她指着墙上,向二哥发问,她说:"不会飞的猪,是什么?"

二哥回头看去,当他重新面向韩姐的时候,脸上也带着相似的笑,关于这样类似的谜题,他早已手握着答案,等候多年。

"不会飞的猪,就只是没用的猪而已。"

老刘

最近这段日子里,老刘时常会羡慕某一种人。

这样的人拥有很浮于表面的情感生活,他们之所以会怀旧,往往是因为想要以此为引,向他人炫耀自己曾经的光辉往事、峥嵘岁月,出于回忆的不确定性,他们甚至可以大肆虚构,把某些传奇故事的主人公描述为自己。而曾经真实存在,现在却遁入虚无,永远无法被确切探知的所谓过往,完全不会对他们产生影响,纵观他们回首往事的整个过程,失落与惆怅都只是酒席上的缺位者。

如果老刘能在几十年的生活中,很幸运地把自己塑造成这样的人,那他可能会发现,他的人生没什么好抱怨的。一个没什么文化的小城工人，靠自己打拼，在上海安了家，结了婚，还有了孩子——既聪明又懂事的刘小野。尽管后来又离了婚，可女儿和自己的关系一直不坏。尽管夫妻不再生活在一起，可他们对刘小野，还是尽力付出了全部的爱，让她能考上上海的好大学，还能申请国外名校的研究生。即便自己的身体生了病，可对老刘来说，这也不是什么太过重要的事，他本就不希望活得太长，与其慢慢变得衰弱、迟钝，直到某天成为别人的拖累，他更希望能在当前的年纪，以不过分纠缠的方式结束生命。

只可惜，在老刘已经准备好一切，要坦然面对死亡的降临时，猛然的渴望忽然来袭。那渴望是复杂的，里面掺杂着故乡的呼唤，对青年时代的留恋，对这半辈子生活意义的困惑，甚至还有一点点与理性完全背道而驰的，对生命的不舍。

老刘就是这样，回到了阔别多年的双鸭山。

其实他自己心里也清楚，时隔多年，再回到年轻时生活的地方，也只是在追寻一个始终处于破灭过程中的泡影。双鸭山的一切几乎都变了，街道、楼房、学校、商店、工厂和人，全都不再是他所熟知的那样。他就像个冥顽不灵的游魂般，在这些新的事物中穿梭。他在心底承认自己的罪，是因为曾经他为了拥抱新的生活而背弃了家乡，此刻家乡才会用一座崭新的城市，来对他进行一场宏大的报复。

"寻找好朋友"，与其说是老刘最想实现的愿望，还不如说是他在当下，唯一可以把握和为之奋斗的事情。老刘无比清楚，那经过无数次抚摸，早已磨得不成样子的记忆，远远不如面前这座重新生长后的城市可信,但在这生命的最终阶段,他也只好相信自己。

"大爷,我们这儿十点下班。"

女孩年轻的声音,把老刘从恍惚中唤醒。他的视野中,除了一张吧台和几个空酒瓶外,空无一物,老刘明白,女孩应该是站在自己盲了眼的那一侧。他点头称是,从怀里拿出钱包,翻出几张红色的钞票付账,这时他才看见女孩从漆黑中走出来,到了他的面前。那是个脸圆圆的女孩,个子矮矮的,样子很和善。她看了看老刘,又看了看吧台上贴着的收款二维码,最终什么也没说,从老刘手里接过钱,找了零钱。

刚走出去,身后的霓虹灯就熄灭了——店打烊了。老刘转过身,看到招牌上由一系列灯管组成的"NIGHT"(夜晚),想起自己第一次到这儿来时,这里还是个录像厅。那时候,工友请他过来,看香港警匪片,据他们说,等时间再晚一点,还有三级片放。当时还是小刘的老刘脸皮薄,就推托说家里有事,警匪片一结束,就急匆匆地离开。在回家的路上,他想起刚才看电视时,工友都夸电影里的女主角漂亮,可他的脑海中,却总是浮现另一个人的身影,他总觉得那人比香港的女明星还要美。

在歌厅老板的办公室里,老刘曾告诉梁老师和韩姐他想寻找好朋友的原因。

当刘小野找来时,老刘当然也可以把同样的话,给女儿再讲一遍,以他对刘小野的了解,如果他说,再见好朋友一面是自己最后的愿望，刘小野也就不会再阻拦。可在那时候，梁老师准备出门离开，只留下老刘和刘小野正面相对，他却突然很想向这个第一次到双鸭山来的、对东北一无所知的自己的孩子，诉说自己复杂的全部心情。

老刘坐在宾馆的窗边，与慢慢变得安静的冬夜仅有一墙之隔，只有这安静和寒冷，让他还能在某些瞬间里，错认为自己身处于熟悉的三十年前，可那些铺天盖地的，挂在树上、楼上和冰上的灯，又可以轻易把他拉回现实。

他从自己怀里，心口的位置，拿出不知道翻了多少次的老电话本。

"我进锅炉厂那年，比你现在还小两岁，跟的第一个师父叫杨立功。他脾气很臭，厂里上到厂长，下到普通工人，没有人喜欢他，但是他技术很好，我就天天请他喝酒。那时候你奶奶开一个小卖部，我每天给他带香肠、水果罐头，他很喜欢我，教了我很多本事。1993年，杨立功的老婆跟别人跑了，他心里难受，喝大酒，喝得很多，被车撞死了。"老刘用手指戳在电话本上，以免读错了行。他仅剩下的那只也已经有点昏花了的眼睛，看到"杨立功"的名字后面，自己打的那个"×"。

"跟我一块学徒的，孙跃鹏，外号叫'大脑袋'，他老婆还是我给介绍的。

"1996年，车间里有人传闲话，说厂子要卖给南方人，我跟孙大脑袋一合计，与其在东北给南方人打工，不如干脆去南方。他看好深圳，我看好上海，于是我们分头行动，约好不管在哪儿，都得常联系，结果一到南方，就再也没联系过。

"段一丹，厂里财务，长得漂亮，穿得也时髦，我们都在背后叫她'小张曼玉'。

"后来听家里安排，嫁给了一个个体户，厂子刚黄的时候，他们开了个馒头店，每天起早贪黑，赚辛苦钱。后来也是什么买卖都做，嘴攒肚挨，一点钱都舍不得花，说留着给孩子。前几年，有人给我发过她现在的照片，老得不成样子。后来听说儿子有了点出息，接他们老两口去山东住海景房，联系不上了。

"尚铁力，劳模，技术骨干。

"厂子改私营之后，靠给人掌鞋养活一家老小，后来突发急病，死在鞋摊上了。

"张长远、肖龙、盛志先、耿文……有的是同事，有的是同学，有的死了，有的找不着了。我那时候年轻，觉得找不着就找不着，无所谓，上海也能交朋友，不比东北差。2002年，中国队打进世界杯，你奶奶去世，我就再也没回过东北。

"最后一个联系过的，李成真。我们那时候管他叫'小朝鲜'，他家腌的土豆咸菜很好吃。跟我前后脚去的上海，过得不太如意，我还背着你妈，偷偷借给过他几回钱。

"之前在厂里，他人缘挺好，厂子黄了之后，挺多工友的去向他都知道，'小张曼玉'近几年的照片，还是他发给我看的。可到了后来，连他能联系的人也越来越少。去年年末，我还跟李成真打过一回电话，之后没几天，他儿子就给我发微信，说他死了，我到现在，也不知道他到底死在哪个医院。

"你妈不喜欢我是东北人，我也不怎么在乎，可你妈还是要跟我离婚，闹了多少回，最后我也没能把她留住。这些年让你没有母爱，是爸爸的错，爸爸给你道歉。现在爸爸一只眼睛看不见了，不知道什么时候，另一只也会看不见，忽然回忆起来自己年轻时候的那些人、那些事，就想趁着还没全瞎，再看一眼。"

从那之后，刘小野就一直跟在老刘身边。

尽管在这片土地上，老刘比刘小野多生活过二十多年，可实际上，现在他对这里的了解，并没有比刘小野多出多少。他只能靠着一些不完全准确的感觉，给刘小野讲，眼前某座漂亮楼房所在的位置，以前可能开着家台球厅；这片现在是停车场的地方，他以前有可能曾骑着自行车经过，那时候这里还是一片种向日葵的农田。

在某天，老刘意识到，他甚至无法找到一个坐标，用以锚定三十年来，这座城市里不变的方向和距离。老刘环顾四周陌生的一切，又举起手里的传单，比起与自己完全决裂的环境，他至少还有一张可以用来锚定时间的老照片。尽管大风拼命呼号，吹得那张传单乱抖，可老刘还是牢牢抓住了它，他的心中，是一种酸酸的喜悦。

就是在那个时候，样子有点熟悉、吹胡子瞪眼的老梁头，忽然在街道尽头出现。

几分钟后，老刘会在梁氏父子的厮打中，因为自己的半盲而失去平衡，摔倒在双鸭山的马路上；两天后，老刘会在病房里，认识一个在工厂时与他并不认识，但会唱《双鸭山郊外的晚上》的工友，他会听这个工友再唱一遍这首歌，并且在歌声中，找到某种自己隐藏多年，最后竟然被自己藏丢了的心情，然后告诉女儿，他想回上海；最后是三个月后，他会在自己上海的家里，手里抓着"寻找好朋友"的传单，哼着那首歌死掉。

可在双鸭山人民医院的病床上，老刘并没有想到死亡。

当时老梁背着手，用比参加比赛时还要严肃的表情为他唱《双鸭山郊外的晚上》，老刘躺在那里，一只手握着女儿的手，另一只手隔着上衣、皮肤和肋骨，触摸自己轰隆隆冒着黑烟、燃烧得很不彻底但却怎么也不肯熄灭的心。老刘总觉得大脑仅仅能用来思考，情感和记忆都来自心脏。

老刘的心脏没有辜负这份信任，它生产出一台放映机，为老刘播放三十年前的锅炉厂。老刘站在厂子门口，比当时的厂长还要老，他的身边不断有结实健康的年轻人走过去，其中那个最漂亮的女工，就是他三十年后要找的"好朋友"。老刘看见，她正和几个闺密说笑着，好像在聊想买辆自行车，可双鸭山的马路高低崎岖，很不好骑，还不如坐公交。老刘的视线越过她，望向更远处，那里有一棵树干粗壮的柳树，如果他没记错的话，有个当时被叫作小刘的年轻工人，正躲在树后，偷看着"好朋友"。

老刘走进厂里，像是翻动书页般轻拨着时光。他看到合唱比赛，看到一片蓝色的工作服，都整齐地坐在礼堂的座位上，《明天会更好》刚刚唱完，主持人在报幕，介绍下一首歌。老刘在人群中找到"好朋友"，看见她正打着瞌睡，没能为更好的明天鼓掌。

下一首歌，就是《双鸭山郊外的晚上》。

五车间的工人们陆续上台，在铁架上站好，静静等待伴奏响起，而"好朋友"因为睡得太沉，头磕在了前排的椅背上，咚的一下惊醒，在同一时间，随着陈工缓慢挥起的双手，女工们也唱起了和声。

"好朋友"听得很入神，她随着旋律，来回轻轻扭动，像是沙沙作响的树叶，像是在一张脏兮兮的机器图纸上，某个无名氏用钢笔写的诗，那诗写得真好，连一点修改的痕迹都没有，字也那么好看。

老刘静静看着，可眼前却越来越模糊，他以为是礼堂里太热，让眼镜上有了哈气，但把眼镜摘下来，用衣角擦了好几遍，还是没用。于是他抬起头，想发现这模糊的缘由，他像个真正的盲人那样，向前摸索着，终于他领悟到，这模糊来自空气中的灰尘，那灰尘越来越密，越来越浓，几乎要把这个礼堂笼罩。老刘急切地想把灰尘赶开，就用力挥动双手，可他忘记了，在这场电影里，时间就是他手里的一本书，当他用力去翻时，就会像是一阵没有来由的风，吹进未关窗的书房。

当那些书页重新停下时，老刘才看清，面前已经是一片废墟。他在无人的厂区里散着步，印证自己的记忆是否准确，可看得越久，脑海中的记忆就越不清晰。终于他猛地想起，自己还有一个绝不会错的，来自过去的锚点。老刘把全身的力气送去双腿，跑到厂区门口，他清晰记得，在大铁门的两侧，分别有一排告示栏，文工部的人会在上面张贴《双鸭山日报》，还有"工人光荣榜"。

告示栏还在那里，只是锈迹斑斑。老刘一块块逐一寻找，上面的剪报和照片，光怪陆离地变换着内容，甚至在老刘印象中，最懒、最不爱干活的工友，也出现在了"光荣榜"上。老刘心知肚明，是因为在记忆的改造下，一切都不可能完全忠于真实，当然，还有唯一的例外——

好朋友。

找到最后一块告示栏，老刘才在角落里看到了那张照片。照片上笑容灿烂的两个人，女人当然就是"好朋友"，可那男人的名字，老刘却有点想不起来，总之在记忆里，应该也是那个时候，跟"好朋友"要好的某个男工。老刘有点自嘲地遮住男人的脸，觉得如果只看身躯，那人也有点像自己，于是他开心地笑了几声，又在照片上反复擦了擦，确保上面的灰尘都已被擦干净，才放回自己的怀中，一个转身，就回到了三十年后。

刘小野

双鸭山，你好！

还有梁老师、韩姐、梁老师的爸爸、韩姐的男朋友，祝你们都好。

从带着爸爸离开双鸭山，已经过去快一年的时间了。这一年里，我经历了很多，大学毕业、拿offer（录取通知）、办签证、买机票，还有对我来说，最难忘的，跟爸爸永远告别，看着他永远离开这个世界。

说来很惭愧，在爸爸告诉我之前，我从来都不知道，自己原来还有个叫"双鸭山"的故乡。我来到世上的第一眼，看到的就是上海，我理所当然地把上海当作自己的家。尽管知道爸爸不会说上海话，可也从来没有追问过他到底是哪里人，为什么要离开自己的家，来到上海。作为一个女儿，我应该很不称职吧。

在双鸭山的那段时间，爸爸带我去了很多地方。我想，他可能是希望我能看看，我的故乡到底是什么样子的，可他试图让我记住的一切，即便是他自己都不完全了解。三十年前的双鸭山，现在的双鸭山，我眼中的双鸭山和他所说的双鸭山，也许根本是四个地方。

我并不很明白，为什么爸爸会因为那些变化如此惆怅。我记忆中的上海，每时每刻都在急剧变化，变化是大城市的常态，快到让人们跟不上。也许爸爸真正介意的，只是他在上海生活的这三十年中，并没有能够创造出足以让他无憾的记忆；也许对爸爸来说，上海并不是一个实际存在的城市，只是他生活的载体。

直到快要登机，离开上海，飞往另一个国度时，我才忽然想到：如果我也要跨越三十年，才能再次回到上海的话，我又该是什么样的心情呢？我不知道。我坐在候机厅里，第一次产生对变化的恐慌。

我想到，三十年前的上海，或者更早，当浦东还是一片田野时，那时的上海人，他们是不是也在为失去的记忆叹息？他们是不是也想翻出一张老照片,看看照片里,那些早已消失的风景和年轻人?

我想到,爸爸在生前要做的最后一件大事,是寻找过去,是把自己变成一支笔,在故乡的土地上写了一封长长的情书。这封情书上,写着一大堆现在的事情,零零散散,鸡毛蒜皮,通过这些文字,爸爸证明了记忆的美好。

我想到,爸爸死前唱的那首歌的最后一句——"但愿从今后,你我永不忘"。

故乡当然不会记住我们,但我可以不忘记家乡,无论是双鸭山,还是上海。记忆无法永存,但它客观存在,这一点无论如何都不会改变。

希望爸爸和我,希望你们,我的朋友们,我们都能得到安慰,过得更好。

刘小野

2025 年于上海虹桥机场

后记

这本书里的绝大部分小说，都是在夏天完成的，我想借此掩饰自己的汗流浃背，把这一切归于暑热，但当把十个故事摆在一起，逐个审视时，我还是必须勇敢地承认，那些隐蔽的、细密的、源源不断从头皮里钻出的汗更多来自惭愧——惭愧自己能力的有限。

我是个双鸭山人，在最初的十八年，我和双鸭山缠绕着生长在一起，可是我喜欢上这座城市，要远远晚于我爱上文学。在我比现在更年轻、更富有热情的时间里，我不想写双鸭山，我想写英雄，写侠客，写快意恩仇的江湖，那个时候，我认为世界上真的有陆小凤，并且确信自己可以成为那样的人；那个时候，我有着很单纯的烦恼，我会羡慕早恋的同龄人，会趁午休和同学去喝酒，会逃晚自习跑去打游戏，玩世不恭，咒骂双鸭山没有侠客生长的土壤。

高二那年，我用一篇武侠小说交了作文作业，八百字，写了个杀一人而救天下的故事。几天之后的课上，语文老师让我当众朗读那篇作文,然后说,他很鼓励大家写一些不同的东西,只要考试的时候不要这样就好。从那次开始,我们班里的同学,开始陆续交些小说上去,语文老师还半开玩笑地说:"梁彦增给咱们班开了个坏头。"那时我想:随他们写去吧!如果这些人里,最后能剩下一个写小说的人,那就会是我。

我那时候多么狂妄啊!我相信自己就是以笔为刀的人,我只需要喝两瓶酒,熬几个夜,就足以写出一条大路,把天下人胸中的块垒全斩干净。可讽刺的是,把我从漫无边际的写作天空里拉回地面的,偏偏是写作本身,我发现喝酒熬夜后写出来的那些玩意,甚至我自己都看不下去。

我以为的"他日若遂凌云志",尽是些"运去英雄不自由"。

我和自己笔下扁平单薄的"大侠"们彻夜长谈,在不断的重复中发现,写小说,绝不是仅仅与幻想有关的工作,恰恰相反,如果想要抓住云和飞鸟,我就必须不断练习跳跃,就必须比其他人在大地上待的时间更长。

在这样的思考与反省中,我写了《侠》,写了范东,一个从小想成为侠客,却最终只能在自己心中实现的人;我写了《看不见阴影的大厦》,写一个为艺术而癫狂的疯子,在不断的攀登中最后消失无踪,在构建出这个故事的时候,我心知肚明,自己笔下那所谓的"艺术",其实更应该被称为"文学",心里带着酸楚和些许的释怀,我把那个疯子命名为"文森梁"。

其实我又怎么敢自比文森梁呢?在艺术这座宏大的殿堂里,我甚至远远算不上最敢于为之痴狂的人,我没有割掉自己的耳朵，没有早早死去，成为诗的绝唱，我在对自己的不满中越来越老，越来越沉湎于生活的烦恼。

是双鸭山拯救了我。在无数个日夜的等待中，我的家乡忽然又出现在我的生活中，把我从怀疑的井水里捞出来，放在高二的课堂上，告诉湿漉漉的、傻乎乎的、疲倦而沉默着的我：去写吧！你那时候不过是想做写到最后的人，没人要求你写到最好。我说：可是，我能写什么呢？双鸭山又说：写我，写你自己，写你喜欢的人和事，那些事只有你最清楚。

于是我又写，写不肯在冰河里随波逐流，要跳到山上死去的"鱼"；写从双鸭山跑到北京，却只能绕着小区开车的出租车司机；写接近死亡的老人，要赶回双鸭山去，听逝去的青年时代唱一首歌，证明自己不曾遗忘。当我写完那个老人的一生，我看见自己电脑里的十篇小说，里面有的就在双鸭山，有的好像发生在别的地方，但也是一个双鸭山人写出来的，这个世界的其他部分与双鸭山的对照。

在那一刻，我忽然想起太宰治说的："正因为我是血统纯正的津轻人，才能如此肆无忌惮大谈津轻的坏话。但如果其他地方的人听到我说这些坏话，而全盘尽信并且瞧不起津轻，我想自己还是会觉得不太高兴。再怎么说，我毕竟深爱着津轻。"

我想，我毕竟比太宰治笨得多，我没办法坦然地说明白双鸭山的坏话，我只能清清嗓子，打破沉默，然后大声朗读我写给双鸭山的情书。

一共十封，希望你喜欢。